27 MARZO 2017

Il segreto dell'abbazia

A Franca
con un grande
sogno!

Alessandro Dominioni Editore
Via Dottesio 5
22100 Como
Tel. e fax 031 264330
info@dominionilibri.it
www.dominionilibri.it

Grafica di copertina a cura di Corinna Rimoldi
Impaginazione di Paolo Cassella

Si ringraziano
Paolo G. Bianchi *oblato benedettino, per la consulenza sulla vita monastica*
Olivia Braiucca, Elisabetta Broli, Alessandro Dominioni, Francesca Firmo, Vera Fisogni, Massimo Gervasini, Valeria Guin, Ada Mantovani, Corinna Rimoldi, Gisella Roncoroni *per la consulenza editoriale sui testi*
Silvano Perego *per l'elaborazione della piantina dell'abbazia*

Maggio 2016

ISBN 978-88-98911-26-4

Giuseppe Guin

Il segreto dell'abbazia

ALESSANDRO DOMINIONI EDITORE

Personaggi

SEBASTIANO DIOTALLEVI
ALFIO PEDUZZI
ALICE LANFRANCONI
ZENO

FEDERICA CORTI	fidanzata di Sebastiano
FILIBERTO LANFRANCONI	padre di Alice, gerarca di Schignano
ELVIRA	madre di Alice
FAUSTO E ELSA	zii di Alice, residenti a Erbonne
ELEONORA LANFRANCONI	cugina di Filiberto di Lerici, La Spezia
BASILIO PEDUZZI	padre di Alfio, capomastro di San Fedele Intelvi
LINA	madre di Alfio
DON CARLO	parroco di Schignano
DON LUIGI	parroco di Argegno
LODOVICO BRENTA	podestà di Schignano
FRANCO VANINI	podestà di San Fedele
ALBERIO VALPERLA	maestro dei Balilla di San Fedele
FAUSTINO *STORT*	guardone di Schignano
CARLETTO *ZUPÌCA*	guardone di Schignano
PANCRAZIO	lattoniere di San Fedele
TINA	levatrice di Erbonne
ENRICHETTO	boscaiolo di Erbonne
SANTINA	sarta di Erbonne
FERNANDO BIANCHI	medico condotto di Schignano
SONIA, MIRIAM E STELLA	ragazze della Casa di tolleranza di Como

Cecco Cardini	oste della trattoria dei Salici di Argegno
Carlina Gandola	strega-chiromante di Argegno
Clelia	maestra elementare di San Fedele Intelvi
Aleandro Parodi	commerciante di vini di Genova
Elena Giannetti	fattore del podere di Montalcino
Franco Giannetti	fattore del podere di Montalcino
Erasmo	monaco dell'abbazia di Altavigna, Siena
Goffredo Maria Berti Uguccione	abate di Altavigna negli anni Trenta
Bernardo Bobbio	abate di Altavigna negli anni Ottanta
Anselmo Federici	monaco bibliotecario
Antonio	aiuto bibliotecario
Sergio	monaco infermiere
Eliseo	monaco foresterario
Matteo	monaco luciferario
Artemisio	monaco portinaio
Cassiano	monaco giovane
Norberto	monaco anziano
Feliciano	monaco erborista
Adalberto	monaco della fattoria
Alma	suora portinaia del convento di Como
Letizia	suora giovane novizia del convento di Como
Tarcisio Edgardo de Ascentis	conte, benefattore dell'abbazia

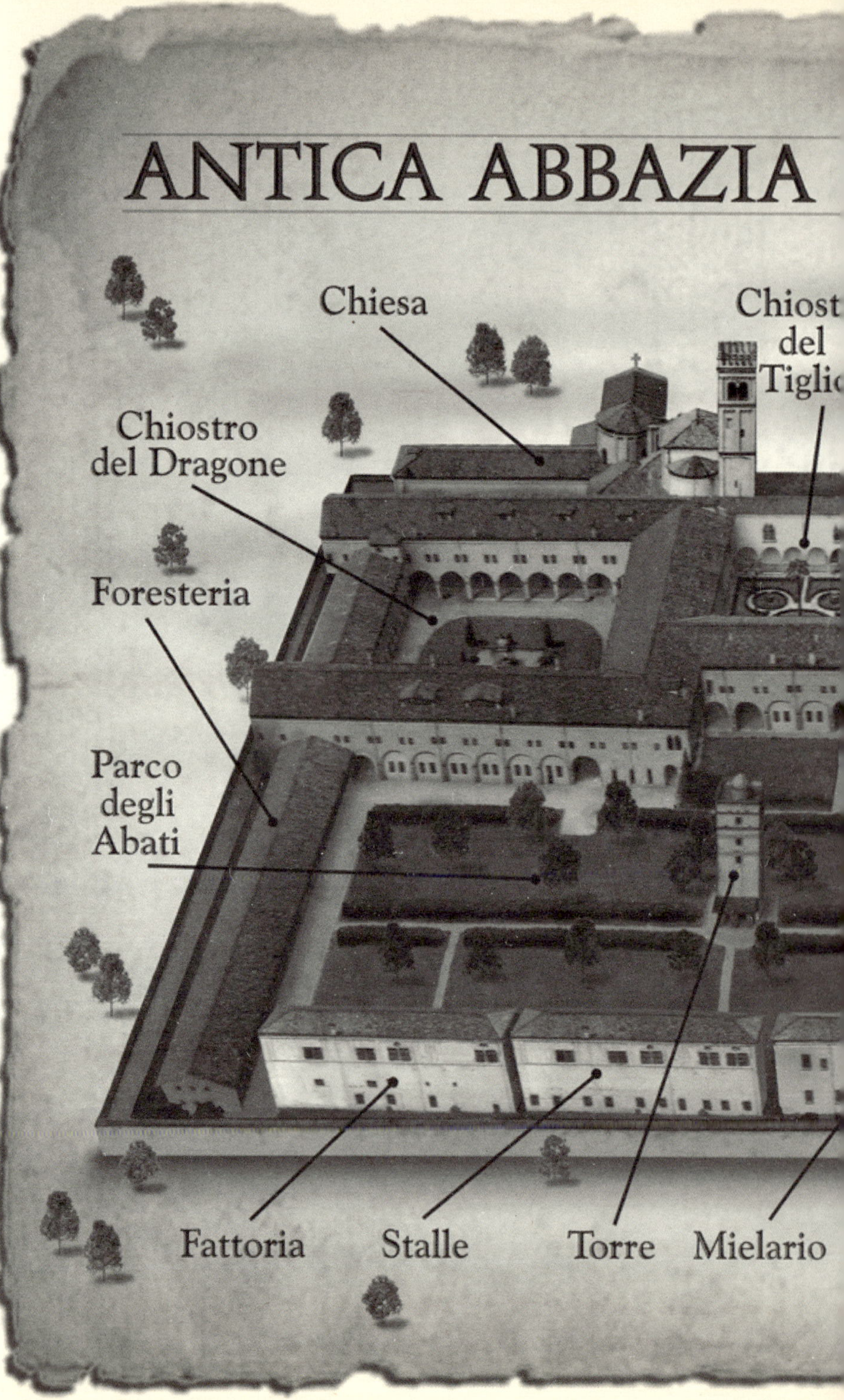
ANTICA ABBAZIA
Chiesa
Chiost
del
Tigli
Chiostro
del Dragone
Foresteria
Parco
degli
Abati
Fattoria
Stalle
Torre
Mielario

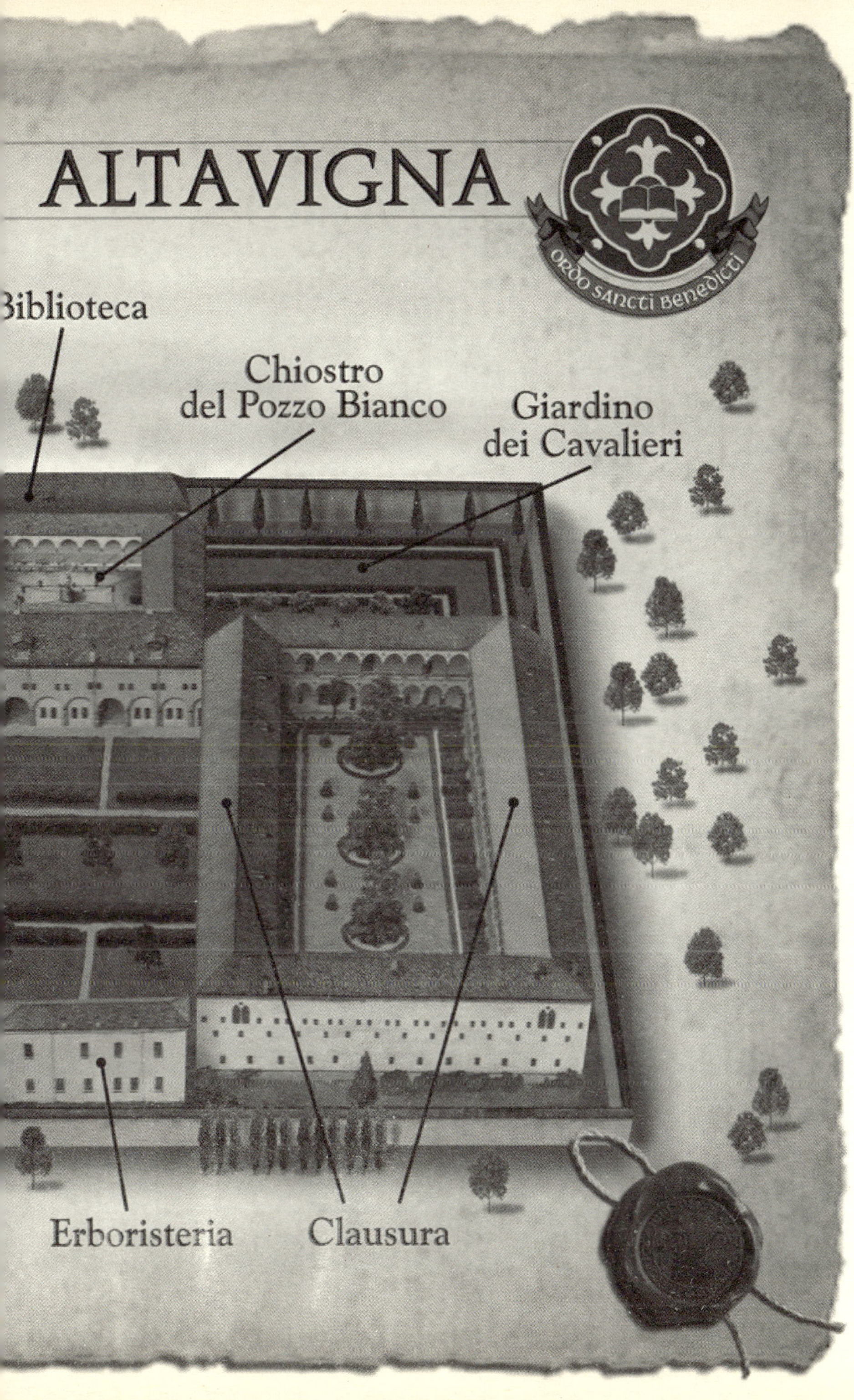
ALTAVIGNA
ORDO SANCTI BENEDICTI
Biblioteca
Chiostro del Pozzo Bianco
Giardino dei Cavalieri
Erboristeria
Clausura

Uno

Il muro alto dell'abbazia era tutto pietre umide e feritoie anguste.

Spuntò all'improvviso, appena girata l'ultima curva di una strada stretta e resa cupa da un lungo filare di cipressi.

Era un muro imponente, che si allungava fino a perdersi nel buio ed era sovrastato soltanto dal profilo di una torre, fatta con gli stessi sassi squadrati e ombrosi.

Sul lato destro lasciava intravedere, a malapena, il colmo di un tetto a coppi, annerito dal tempo, che proseguiva identico, spezzato di tanto in tanto da enormi comignoli fumanti, fin dove l'oscurità lo faceva sparire alla vista.

Sulla sinistra si interrompeva dopo pochi passi, ma soltanto una volta, ed era per fare spazio a una cancellata di ferro robusta, chiusa da lamiere spesse e sprangata da chiavistelli possenti.

Non era così che Sebastiano si era immaginato il monastero. Non era così che gliel'avevano descritto e, in quel momento, gli apparve così opprimente che l'idea di dover oltrepassare quel muro gli mise addosso un senso di paura e smarrimento.

C'era un silenzio mai sentito, un silenzio irreale, come se il mondo, lì, avesse deciso di non esserci o perlomeno di starsene molto lontano.

Era la sera del 22 novembre del 1980. Una di quelle sere fredde, umide, arrivate dopo una giornata di pioggia fitta e insistente. Il cielo era ancora coperto da nuvole grigie, ma da poco si era alzato un vento freddo, che stava spingendo le più minacciose verso la collina, aprendo squarci di cielo terso e gelido.

I fari dell'auto, sobbalzando a ogni buca dello sterrato fangoso, laceravano il buio e, di tanto in tanto, facevano comparire cespugli di lentisco, inframmezzati da piccole siepi pungenti di berberis.

D'un tratto il muro si inarcò, disegnando una sorta di slargo, dove si ergevano, solenni, due colonne di granito rosato.

Appena i fari arrivarono a illuminare l'enorme portone di legno scuro, nel mezzo, poco sopra un grosso anello di ferro opaco, si aprì un piccolo pertugio quadrato, largo poco più di una spanna, che per un attimo fece filtrare una luce giallastra.

Pochi istanti e tornò buio, lasciando soltanto trasparire un volto scarno, quasi emaciato.

Sebastiano ebbe appena il tempo di scendere dall'auto che il portone cominciò ad aprirsi, lentamente, scricchiolando in modo sinistro.

Comparve un abito nero, che in basso strusciava per terra, in alto culminava in un cappuccio con la punta ricurva e ai lati si allungava in due larghe maniche che, all'alzarsi delle braccia, facevano ricadere un tessuto spesso e abbondante.

«Signore, l'aspettavamo già da un'ora!» si sentì dire con voce roca e quelle poche parole andarono a evidenziare un volto pallido, tenuto nella penombra dall'ampio cappuccio e dalle troppe rughe del viso. Il monaco portinaio, senza dire altro, accompagnò Sebastiano fino a una seconda porta, la aprì e lo lasciò all'ingresso del chiostro.

Fece un rapido cenno con la mano e in quel gesto, più che un saluto, c'era una sorta di rassicurazione che presto qualcun altro sarebbe arrivato a prenderlo.

E scappò via.

Il chiostro era completamente deserto e c'era un profumo pesante di incenso e ginepro selvatico.

A mano a mano che le nuvole si diradavano, spinte da raffiche sempre più violente, la luna, che quella notte era piena, disegnava sagome arrotondate di ombre oblunghe e, nel punto dove la luce riusciva a illuminare i muri, apparivano squarci di affreschi dai colori tenui. Il pozzo, situato nel mezzo, era di una pietra bianca, lucente e dello stesso chiarore erano anche le piante di alloro abbracciate da siepi potate di fresco. Da lì si intravedeva la sommità di un campanile, che svettava al di sopra dei tetti.

Il chiostro restò così, senz'anima viva, per molti, interminabili minuti.

Era un immenso spazio vuoto e silenzioso.

Sebastiano, quarantatré anni, fisico asciutto, alto e slanciato, di mestiere aveva sempre fatto l'agente immobiliare. Da una decina d'anni abitava a Como, in un appartamento di fronte ai Portici Plinio e, da quasi cinque, viveva lì con Federica Corti, una bella ragazza di quattro anni più giovane, allegra, spigliata e con una carriera, ormai avviata, come attrice teatrale.

La passione per lo sport, fin dalla giovane età, gli aveva forgiato una corporatura scolpita, di quelle che anche le amiche di Federica mostravano di gradire, soprattutto in barca d'estate.

I capelli, lasciati lunghi e trasandati, erano leggermente arricciati e di un castano chiaro, che il sole macchiava di biondo. Il viso era di quelli allungati, magri, con la barba mai tagliata di fresco, ma ciò che più spiccava sul suo volto erano due occhi verdi, luminosi e profondi.

«Federica» le aveva confidato pochi giorni prima della sua partenza «la cosa più importante che mi manca di sapere della mia vita, mi hanno detto che potrò scoprirla nell'abbazia di Altavigna».

Lei, che da sempre conosceva i tormenti della sua anima, provò a spiegargli che quel viaggio e quei chissà quanti giorni lontano da casa, sarebbero potuti anche risultare inutili, ma lui si era limitato a risponderle: «Amore, ci voglio andare lo stesso. Io non posso più continuare a vivere così, tenendomi nell'anima questo dolore».

Null'altro. E in quel giorno di novembre si erano lasciati con un tenerissimo abbraccio e con gli occhi bagnati dall'emozione.

Sebastiano aveva ben chiaro in testa che cosa voleva cercare.

Un po' meno chiaro, adesso che era entrato in quel monastero, era ciò che avrebbe potuto trovare e soprattutto che cosa sarebbe potuto succedere di lì a poco, appena si fosse spalancata una delle tante porte che interrompevano, alla fine di ogni spazio identico, la lunga parete interna del chiostro.

Due

Non ebbe il tempo per rincorrere nella mente altri pensieri e nemmeno per sentir nascere nell'anima altre indistinte paure.

Uno scricchiolio improvviso, proveniente dal fondo del chiostro, lasciò trasparire una lancia di luce color ocra.

Subito dopo, un altro stridere, più sordo, quasi trattenuto e, dall'ultima porta, la più lontana che stava sul fondo, un barbaglio di lucerna anticipò di appena qualche attimo un profilo buio di persona.

Era una tonaca scura che si scostò dalla soglia e lentamente andò a proiettare un'ombra confusa sul pavimento di pietre grezze. Una sagoma nera, alta e secca.

L'eco dei passi nel corridoio non riuscì però a seguire i ritmi dei bagliori oscillanti della lanterna, perché fu sommerso da una folata di vento e poi dal primo degli otto lenti rintocchi che scesero cupi dal campanile.

A mano a mano che gli echi si susseguivano, si avvicinavano e crescevano anche gli scintillii del lume. Cadenzati, si ingigantivano e poi svanivano, con la stessa regolarità, per via dell'alternarsi del riverbero della luna sotto le volte del corridoio. Era un chiarore opaco che filtrava più intenso e poi più tenue, a seconda dell'avvicendarsi, identico, di luminosi spazi aperti e di strette ombre nere proiettate sul selciato dalle colonne del chiostro.

Finita l'eco dell'ultimo rintocco, la luce della lucerna si fermò, sollevandosi fino a illuminare un volto smorto, poi, insieme all'ultimo passo, si levò il sussurro di una voce debole. Furono solo poche frasi. Anzi, non una in più di quelle necessarie per indicare il percorso attraverso altri due chiostri, prima di arrivare all'ingresso di una casa più bassa, che si allungava fino alle mura che stavano sul lato opposto.

Quando Sebastiano si trovò davanti a un portone di legno con grosse borchie di ferro, dalla veste del monaco spuntò una mano che andò a strattonare un vecchio chiavistello. Compiute due rampe di scale, al di là di una seconda porta, apparvero un letto, uno scrittoio, una sedia e uno sgabello messo in un angolo. Null'altro.

«Questa è la sua stanza per i giorni che il Signore le concederà di trascorrere nel nostro monastero» disse.

«Io sono fratello Eliseo, il monaco foresterario» aggiunse con l'identico tono di voce. Poi, guardandosi intorno, per controllare che tutto fosse a posto, aggiunse: «Di qualunque cosa dovesse avere bisogno è a me che deve rivolgersi».

A quel punto tolse da sotto l'abito un quaderno con la copertina di pelle, lo appoggiò sul tavolino e lo aprì.

«Ecco, metta la sua firma qui, accanto al suo nome, in questo riquadro» disse e, appena lo vide compilato, si voltò.

«Che il Signore la custodisca nella notte e le conceda anche la grazia di poterlo glorificare all'alba» poi uscì e la luce fioca di lanterna percorse a ritroso i tre chiostri.

Un senso di smarrimento e di paura affollò i pensieri di Sebastiano. Il ritrovarsi improvvisamente solo, in quell'angusta stanza spoglia, gli procurò un tale turbamento, che spalancò subito la finestra e si affacciò, quasi a voler ritornare nel mondo dal quale si era appena distaccato.

Quella notte, dentro il monastero, tutto taceva avvolto nel buio.

Dal bosco non arrivava più nemmeno il brusio del vento tra le fronde dei platani e neppure dai campi il brontolio opaco del trattore che di giorno girava a dissodare zolle.

Non si udivano passi sulle pietre ruvide del selciato che attraversava i cortili e nemmeno il frusciare di abiti lunghi e pesanti dentro la penombra dei lunghi corridoi stretti.

Si erano acquietati anche i pigolii tra i rami dell'acero rosso e pure il continuo zirlire dei tordi tra le cime dei pioppi.

Ormai aveva smesso di suonare anche la campana più grande, quella che ogni giorno e da sempre, per sette volte al giorno, radunava i monaci in chiesa: la prima volta quando non era ancora l'alba, l'ultima quando il sole era già tramontato da un pezzo.

E taceva anche la campana più piccola, che con i suoi rintocchi chiamava i monaci per nome, ogni volta che qualcuno aveva bisogno di qualcun altro, in angoli diversi del monastero.

Nei giorni successivi imparò a memoria le scansioni di quei tocchi.

Tre colpi secchi e decisi per l'abate.

Due ravvicinati e tre distanziati per il foresterario, il monaco addetto all'accoglienza dei pellegrini e degli ospiti.

Tre ravvicinati e due distanziati per il cellerario, che invece faceva in modo che nulla mancasse alla vita materiale dell'abbazia.

Quattro per l'erborista.

Cinque per il luciferario, che ogni sera, prima di coricarsi, percorreva tutti i corridoi e i locali del monastero per spegnere ogni luce, chiudere ogni finestra e sbarrare ogni porta.

Due più due, con l'identica cadenza e una pausa breve nel mezzo per l'infermiere, che ogni giorno stava con i sei monaci che ormai aspettavano soltanto di non più sentire alcun rintocco di campana.

E così via. In maniera diversa. Differente nei ritmi, nel numero dei tocchi e nelle pause. Perché, a ogni diverso suonar della campana piccola, corrispondeva un nome e un volto differente.

A quell'ora della sera, però, ormai tutto taceva. Dalla chiesa non uscivano più nemmeno melodie sommesse d'organo. In quella minuscola cella affacciata sul parco, ormai solo quiete.

E lì, Sebastiano, per la prima volta si ritrovò ad ascoltare le parole del silenzio.

Era iniziata la sua prima lunga notte in abbazia e un unico pensiero seguitò a tenerlo sveglio. Adesso che aveva varcato quel muro, i segreti che andava cercando e i misteri che avrebbe voluto vedersi svelare erano lì.

All'alba bisognava soltanto andarli a cercare.

Tre

Nel pieno della notte, però, accadde l'inimmaginabile.

Così. D'improvviso.

Con la stanza buia, i corridoi silenziosi e il chiostro deserto.

Con le tenebre che ancora avvolgevano le terre tutt'intorno e le luci lontane del paese tutte accese.

Nel pieno della notte. Con le imposte delle finestre ancora chiuse e i portoni dei cortili sprangati.

Con gli animali nelle stalle dentro i loro serragli e gli attrezzi dei campi nella fattoria.

Così. Come quando accade l'insospettato e l'assolutamente imprevedibile.

Appena il campanile suonò i rintocchi delle 4.30, il silenzio venne squarciato.

D'istinto, senza neppure pensarci, Sebastiano, balzò dal letto, accese la luce e corse ad afferrare il chiavistello della finestra.

Nessuno l'aveva avvertito e nessuno se lo sarebbe mai potuto immaginare.

Con il cuore in gola e le mani tremanti aprì di colpo le imposte e, a quel punto, ciò che aveva fatto sobbalzare le tenebre, divenne ancor più frastornante.

L'intera abbazia, i chiostri, il parco, i giardini... tutto era sommerso da uno scampanio ripetuto e pressante, che di attimo in attimo, per effetto dell'eco e dei rimbombi, si faceva sempre più insistente.

Con il silenzio della notte, che regnava ancora ovunque, nulla era più inaspettato di quel fragoroso suono di sette campane insieme.

Nello stesso momento, la parete buia della clausura, che stava proprio di fronte, cominciò a punteggiarsi di luci opache.

Si accesero una dietro l'altra, come fossero comandate da un'unica mano. In un attimo si formò una lunghissima fila di bagliori che, nel buio, a mano a mano che si facevano più lontani, diventavano sempre più piccoli e più fiochi.

Di tanto in tanto, dentro qualcuno di quei riverberi, si intravedevano delle sagome scure che si muovevano di fretta, comparendo e poi subito dopo scomparendo, lasciando che il chiarore oscillasse in modo confuso nella notte.

Era come un susseguirsi di lampi nelle tenebre e gli occhi, rapiti dalla meraviglia e dallo stupore, seguitavano a vagare, rincorrendo l'accendersi dei lumi e anche ogni apparire e sparire delle figure nere.

Impiegò dei giorni ad abituarsi a un risveglio così repentino dentro il monastero. Ci volle del tempo per non più sobbalzare nel letto, quando iniziava improvviso quello scampanio violento.

Quello a cui però non riuscì proprio mai ad assuefarsi fu l'incanto della lunga fila di finestrelle della clausura che si accendevano, insieme, come rincorrendosi.

Mai sarebbe rimasto indifferente di fronte alla meraviglia delle minuscole ombre che si muovevano oltre i vetri. Mai avrebbe smesso di stupirsi di fronte agli infiniti luccichii, che via via uscivano dalle porte delle celle e, incolonnandosi a ridosso del muro, rischiaravano i chiostri con i loro riflessi.

Era successo nel pieno della notte e mai risveglio fu tanto affascinante e ammaliante.

L'abbazia di Altavigna, insediamento medievale con rifacimenti del Cinquecento e un corposo ampliamento successivo di un paio di secoli, sorgeva in Toscana, a pochi chilometri dalla città di Siena, tra Montalcino e Castiglione d'Orcia. Il nome del monastero era dovuto al fatto che era collocato sul punto più alto delle colline, coltivate a vigneti.

Era un'immensa proprietà nel cuore della Val d'Orcia, fatta di campi arati, frutteti, appezzamenti boschivi, pascoli e un reticolo di strade sterrate che la percorrevano e rendevano raggiungibile ogni angolo.

Proprio al centro dei terreni controllati dai monaci, si ergeva il monastero vero e proprio ed era racchiuso da un muro possente, di forma quadrangolare, alto almeno quanto due uomini.

Varcato l'ingresso principale si accedeva al giardino detto dei Cavalieri, chiamato così per via dei ricoveri dei cavalli, situati al piano terra, poi diventati depositi di vino, olio e prodotti della campagna.

Sulla sinistra c'era la clausura, un edificio a pianta allungata, con un ampio cortile nel mezzo, inaccessibile per chiunque non vestisse l'abito, e con finestrelle minuscole, tutte distanziate allo stesso modo, suddivise su tre piani.

Dal giardino dei Cavalieri si accedeva al chiostro detto del Pozzo Bianco, che sulla destra aveva la biblioteca storica e, sulla sinistra, una torre quadrata, utilizzata nelle epoche più buie, come punto di avvistamento di predoni e nemici in armi o, in secoli meno turbolenti, per controllare le stalle e le fattorie che stavano intorno.

Dal chiostro del Pozzo Bianco si accedeva a quello del Tiglio che era annesso al campanile e alla grande basilica dedicata alla Vergine Assunta.

Poco più avanti c'era il portone che dava sul chiostro del Dragone, detto così per la foggia di una fontana di bronzo che stava nel mezzo. Raffigurava un enorme drago dall'aspetto inquietante. Su una delle lingue di fuoco stavano incise le lettere "N.D.S.M.D." e sull'altra la frase che le esplicitava: "*Non Draco Sit Mihi Dux*", "Che il demonio non sia il mio capo". L'aveva fatta apporre un vecchio abate in epoche buie e tormentate del monastero ma, ancora oggi, ogni volta che un monaco passava di fronte a quella scultura, si faceva il segno della croce, quasi a voler scacciare ogni possibile ritorno del demonio dentro quelle mura.

Dal chiostro del Dragone si accedeva infine alla foresteria, un fabbricato lungo, stretto, di soli due piani, riservato un tempo ai pellegrini di passaggio o ai viandanti in transito, da parecchi anni oramai destinato agli ospiti o ai visitatori del monastero.

Sebastiano era riuscito a farsi accogliere nell'abbazia di Altavigna, grazie alla raccomandazione di un nobile milanese, ormai decaduto, ma ancora molto ricco. Il conte Tarcisio Edgardo de Ascentis era uno storico benefattore del monastero che Sebastiano aveva conosciuto durante una sostanziosa intermediazione immobiliare. Il conte, quando si sentì fare l'inattesa richiesta da chi tanto l'aveva agevolato nella vendita delle sue proprietà, non poté che fare da mediatore con l'abate Bernardo Bobbio.

«Mio caro abate» gli aveva detto al telefono «ho ricevuto da un amico in affari una richiesta che io, a dire il vero, stento a capire. Mi ha supplicato di farmi tramite con lei per poter visitare e trascorrere qualche giorno nel vostro monastero. Ah, come cambiano i tempi! Quando ero giovane io, sognavo di visitare l'America, di salire su una nave e attraversare l'Oceano... Mah! Oggi questi giovani, che dalla vita hanno già avuto tutto, vogliono visitare i monasteri!».

Era pronto a trovare altre parole e persino a promettere qualcosa in cambio, invece non dovette insistere con altre spiegazioni. Il senso di riconoscenza dell'abate nei confronti del conte era tale che la risposta fu immediata.

«Se è lei a mandarmelo, signor conte, questo giovane sarà nostro ospite per il tempo che vorrà».

Tanto bastò. E Sebastiano ebbe libero accesso all'abbazia di Altavigna.

Era iniziata la sua prima giornata e mai risveglio fu tanto sorprendente.

Era successo in quel modo strano, inusuale e, comunque, inimmaginabile per chiunque fosse giunto per la prima volta in un posto del genere.

Ciò che, però, sarebbe successo in tutte le restanti ore del giorno, quello stava già tutto scritto dentro una storia che lì si andava ripetendo da secoli, sempre uguale e identica a se stessa.

Alle 5 la prima preghiera comune era detta delle Lodi o anche Mattutino. Poi, fino a sera, il salmodiare insieme, con canti gregoriani e letture delle Sacre Scritture prendeva il nome di Ora Prima alle 6, Ora Terza alle 9, Ora Sesta alle 12, Ora Nona alle 15, per poi concludersi con i Vespri delle 18 e la Compieta delle 21. Ogni giorno così, inframmezzando i sette momenti di preghiera con il lavoro: nei campi, in fattoria, nel mielario, in erboristeria, o nel laboratorio della biblioteca, per il restauro di libri antichi. E in abbazia, ogni attività, fosse la preghiera, il lavoro o i pasti comuni nel refettorio, tutto era rigorosamente scandito dal silenzio.

Scorreva così da sempre la vita ad Altavigna. Così com'era consuetudine dei benedettini, fin da quando Benedetto da Norcia la disciplinò nella sua Regola, nel 530 dopo Cristo.

Anche quella mattina, dopo pochi minuti dallo scampanio delle 4.30, una lunga fila di abiti neri si avviò silenziosa verso la grande chiesa.

Da quel momento in poi, ognuno avrebbe iniziato a vivere nello stesso e identico modo in cui aveva vissuto tutti i giorni, iniziati prima di quell'alba.

Quattro

Il pensiero ricorrente che, però, accompagnò Sebastiano per tutto il tempo della sua prima liturgia delle Lodi al monastero di Altavigna, fu il continuo riflettere sul perché del suo arrivo in abbazia e soprattutto sugli strani accadimenti che lo avevano indotto a quella decisione.

Mentre le voci dei monaci salmodiavano antiche melodie gregoriane, lui cominciò a ripensare a quanto successe durante l'estate, sul finire del mese di agosto, quando approdò ad Argegno, un piccolo borgo sulla sponda occidentale del lago di Como.

Sebastiano era stato iscritto all'anagrafe del Comune di Como il 20 gennaio del 1937, ma il registro, alla riga "figlio di", aveva soltanto uno spazio vuoto e, come cognome, gli era stato imposto quello di Diotallevi, come era consuetudine, in Lombardia, nei casi di figli abbandonati o non riconosciuti.

Sebastiano non aveva mai saputo chi fosse la propria madre e nemmeno il proprio padre. Aveva trascorso tutta la vita da figlio di nessuno, convivendo e, la maggior parte dei giorni, combattendo con un vuoto lacerante nell'anima, che gli amori e anche la relazione con Federica non erano riusciti a colmare.

Un'esistenza così, con mille dubbi e nessuna certezza, con nessuno che aveva saputo, o forse soltanto voluto, dare un'identità ai genitori che lo avevano messo al mondo. L'inquietante buio sul suo passato e soprattutto la coltre di troppi silenzi e consapevoli omertà, anche sul suo presente, vennero spezzati proprio ad Argegno, alla trattoria dei Salici, durante una cena in compagnia di amici.

Quella sera l'oste, tal Cecco Cardini, credendo di non essere osservato né ascoltato, si lasciò sfuggire una frase che lo fece raggelare.

La pronunciò con gli avventori che stavano seduti al tavolo dalla parte opposta del terrazzo, ma Sebastiano, sarà stata la Breva che soffiava nella sua direzione, sarà stato il casuale appoggiarsi del suo sguardo sul labiale del Cecco, sta di fatto che udì distintamente la frase: «Quello là è il figlio dell'Alfio Peduzzi» e non c'erano dubbi a chi si riferisse, perché con l'indice della mano destra il Cecco aveva indicato lui, proprio lui.

Quelle parole ebbero l'effetto di una fucilata.

Sebastiano si alzò di scatto. Poi, rendendosi conto che la sua reazione sarebbe stata incomprensibile ai più, si risistemò al proprio posto seguitando a chiacchierare, tra una forchettata di risotto e un groviglio di pensieri sulla sua esistenza.

Aspettò il momento opportuno e quando vide l'oste ritirarsi per qualche attimo da solo in cucina, lo raggiunse e si chiuse la porta alle spalle.

«Chi è l'Alfio Peduzzi del quale ha parlato con i signori del tavolo d'angolo, là sul terrazzo?» domandò con un ghigno e un tono di voce perentorio.

«Alfio? E chi mai ha pronunciato quel nome?» si schermì subito il Cecco.

«Forse lei ha udito male,» aggiunse, come scusandosi «io non ho mai parlato di alcun Alfio, anzi, penso di non conoscere proprio nessuno con quel nome!» e, senza lasciare il tempo ad altre imbarazzanti domande, prese la padella dei persici, appena cotti, e si avviò all'uscita.

«Mi dica chi è e dove vive l'Alfio del quale ha parlato!» gli intimò Sebastiano, piazzandosi davanti alla porta, con le braccia aperte e appoggiate agli stipiti.

«Non so di che cosa parliate giovanotto» gli rispose seccato «si tolga di mezzo che qui si lavora e ho clienti fuori che aspettano di essere serviti!».

Con la mano libera fece per scostarlo, ma Sebastiano gli afferrò la padella, la posò sui fornelli e lo strattonò contro il muro.

«Lei ha parlato di un certo Alfio, per la miseria! Mi dica che cosa sa di quell'uomo!». A quel punto l'oste perse la pazienza, si divincolò in malo modo e inforcò la porta, con la pentola di pesci ormai non più fumante.

Sebastiano non poté che lasciarlo andare senza insistere oltre e tornò al proprio tavolo, cercando di fingere il nulla.

Se ne andò dalla trattoria con un peso sull'anima e fece persino fatica a salutare gli amici. Tornò a casa, ma le parole del Cecco seguitarono a disegnare fantasmi e incubi nella sua mente.

Non ci dormì la notte e il giorno seguente raggiunse di nuovo Argegno. Cominciò a interrogare tutti quelli che incontrava per la strada e a tutti, dopo poche parole di convenevoli, chiedeva sempre la stessa cosa, se cioè avessero mai conosciuto o avuto testimonianza dell'esistenza in passato di un uomo del paese di nome Alfio Peduzzi.

Per tutto il giorno non ricevette altro che dinieghi convinti o al massimo volti perplessi e frasi svianti.

Verso sera, quando ormai mancava poco al tramonto, una vecchia del posto, che tornava dal lavatoio, appena sentì pronunciare il nome di Alfio si coprì il volto con le mani e cominciò a scuotere il capo.

«Lei sa dell'esistenza di un certo Alfio Peduzzi?» la interrogò Sebastiano.

La donna seguitò a scuotere il capo e, stringendo al petto il mastello con i panni appena lavati, tentò di scansare Sebastiano con tutta l'intenzione di andarsene via.

«Mi dica quel che sa di Alfio!» la scongiurò.

Ma la vecchia, senza più alzare il capo, si infilò su per la scalinata che costeggiava la chiesa e scomparve.

Sebastiano, deluso dall'ennesimo diniego, si decise a entrare proprio in chiesa.

"Se l'oste della trattoria dei Salici sa qualcosa sull'identità di mio padre, di sicuro qualcosa di più deve sapere il parroco del paese" pensò, e senza attendere oltre aprì la porta della chiesa.

Era deserta, a eccezione di una vecchia che puliva con un panno i candelabri dell'altare. In quel momento, però, sentendo dei rumori provenire dalla sacrestia, si diresse deciso verso la porticina che si intravedeva sul fondo.

Entrò, ma all'interno c'era soltanto il sacrestano intento a preparare i paramenti per la Messa.

«Chi cercate?» si sentì dire in maniera decisamente scorbutica.

«Nessuno. Avevo soltanto udito dei rumori provenire da qui dentro» rispose, ma, mentre cercava di giustificare la sua presenza, si scostò la tenda e apparve una tonaca nera, sopra la quale spiccava un volto rubicondo.

«E questo signore?» domandò il prevosto, senza nascondere una più che evidente irritazione.

«Di certo non è venuto per cercare me» fu la risposta infastidita del sacrestano.

Sebastiano, a quel punto, approfittò della situazione e si accostò al curato.

«Sì, avevo proprio necessità di parlare con lei, reverendo».

«Se è per la confessione, oggi non è il giorno. Torni martedì pomeriggio» fu la risposta decisa.

«A dire il vero...».

«Il vero qui va sempre detto» seguitò scontroso, senza nascondere il disagio per essersi trovato di fronte uno sconosciuto e per di più in un luogo dove, di solito, non dovrebbero nemmeno esserci i conosciuti.

Poi, rendendosi conto di essere stato troppo duro con uno che forse avrebbe potuto anche essere un'anima bisognosa di consigli, o anche solo di conforto, lo prese per un braccio e se lo portò verso una panca poco distante.

«Ma lei come si chiama che non l'ho mai vista in chiesa?».

«Mi chiamo Sebastiano e vengo da Como».

«Ma, mi dica... che cosa l'ha portata fin qui buon uomo?» disse con tono di voce più conciliante.

Sebastiano, a quel punto, tirò un lungo sospiro.

«Monsignore...».

«No, no, qui di monsignori non ce ne sono, don Luigi può bastare» lo interruppe e sul viso gli si disegnò persino un sorriso.

«Don Luigi, lei conosce in paese un certo Alfio Peduzzi?».

«Alfio, Alfio, Alfio... e come si fa a dire? Non è che ce ne siano tante di anime in questa dannata parrocchia, ma adesso, così sui due piedi, un Alfio non mi sovviene proprio».

«Ma se non adesso» lo interruppe Sebastiano «magari... forse... come dire, magari in anni passati, lei non rammenta di un certo Alfio, immagino sposato... e padre di un figlio?».

«Ah! In passato...» intervenne don Luigi «bisognerebbe scartabellare i registri. Come si può dire, così sui due piedi?».

«Il problema» riprese Sebastiano «è che ieri alla trattoria dei Salici ho sentito dire che questo Alfio, che presumo essere proprio di Argegno, potrebbe essere mio padre. E io non l'ho mai saputo, perché non l'ho mai conosciuto».

A quel punto il prevosto si rattristò e si fece pensieroso. Si alzò, andò in sacrestia, aprì l'anta di un enorme armadio intarsiato e tirò fuori un librone di colore nero. Lo afferrò con due mani e con fatica lo portò sul tavolo che stava nel mezzo.

«E dunque lei quanti anni ha?».

«Io? Quarantatré! Quest'anno sono quarantatré anni» rispose.

«Quindi stiamo parlando dell'anno 19... Mi faccia pensare: se lei ha quarantatré anni e oggi siamo nel 1980... diciamo che questo Alfio Peduzzi dovrebbe averla registrata nel 1937».

Cominciò a sfogliare, facendo girare con fatica le enormi pagine ingiallite e d'un tratto si bloccò.

«Ecco. Ecco, qui ci sono i nati nel 1937. Dunque: c'è un Landi Leopoldo che poi nel '58 si è sposato con Clementina Sacchi e ha avuto un figlio di nome Gerardo. C'è il povero Gandola Luigi e anche la sua Ines, che è vedova già da parecchi anni e hanno avuto quello scapestrato di un Galdino e c'è un certo Santini Sandro, che non ho mai conosciuto, perché se ne è andato dal paese già da una ventina d'anni... Il figlio si chiamava Arturo e chissà che fine avrà fatto anche lui, compresa sua madre Livia, donna non certo integerrima, diciamo... Insomma, qui di Peduzzi Alfio e nemmeno di lei, che mi ha detto si chiama Sebastiano, giusto? No niente. Non c'è nessuna famiglia Peduzzi, e nessuna traccia né di Alfio, né di Sebastiano».

Girò la pagina, guardò anche in quella precedente, ma nulla.

«Forse sarà nei registri di qualche altra parrocchia,» disse don Luigi «deve provare a chiedere altrove. Che ne so? A Carate, a Laglio o a Brienno. Oppure anche sull'altra sponda, a Lezzeno, o forse a Pognana, Faggeto...» e ripose il registro dentro l'armadio.

Sebastiano non aspettò nemmeno di vederlo girarsi.

«Grazie e mi scusi di averla importunata» disse di fretta e se ne scappò fuori.

Sconfortato, tornò a girovagare per le strade strette del paese, senza più incontrare nessuno, fin quando si trovò davanti alla casa della vecchia fattucchiera di Argegno.

La Carlina Gandola, questo il suo nome, era un'anziana del posto che nella vita non aveva fatto altro che turlupinare giovani donne con sogni da inseguire e attempate signore con ricordi da dimenticare. Delle volte, anche certi uomini, con qualche anno di troppo, entravano nella sua casa, ma era soltanto per l'illusione di ottenere i suoi benefici, quando capitava loro di rincorrere imprese amorose impossibili o fantasticate senza speranza.

La Carlina dava retta a tutti e per tutti aveva una parola, vuoi per prospettare luci su un futuro migliore, vuoi per svelare ombre nascoste di misteriosi passati.

Quel suo modo di parlare, spesso aveva l'effetto di irritare i più, ma la gente del posto diceva che le parole della Carlina avevano sempre un fondo di verità e, soprattutto, che lei, per un qualche inspiegabile potere o una qualsivoglia predisposizione all'occulto, conosceva cose che la maggior parte delle persone ignoravano.

La Carlina, quel giorno, stava affacciata alla finestra, come ogni volta che vedeva transitare qualcuno, soprattutto se sconosciuti.

Spalancò i vetri, facendo uscire un profumo acre di erbe selvatiche stracotte e cominciò a sproloquiare le sue incomprensibili cantilene.

«Giovane bello, giovane caro, dove ti porta la fretta del varo?».

Stucchevoli quelle cantilene. Le aveva sempre trovate irritanti e fastidiose e, appena la vecchia gli si parò davanti ripetendo insinuante: «Giovane bello, giovane caro, dove ti porta la fretta del varo?» Sebastiano, preso da un moto di stizza, non la degnò nemmeno di uno sguardo e proseguì sul sentiero che portava al pontile.

Fece pochi passi poi, però, deciso a trovare risposte ovunque fossero, pur anche nelle parole folli di una strega di paese, tornò ad avvicinarsi alla finestra, cercando di carpire qualche indizio, qualche premonizione, o anche solo una parola comprensibile, che potesse gettare una luce sul suo passato tenebroso.

La Carlina seguitava a sproloquiare. Aveva lo sguardo perso nel vuoto, ma più parlava e più il viso le si faceva tirato e quasi tormentato.

D'un tratto la vecchia fissò Sebastiano diritto in volto e sbottò: «Il frutto dell'ovile segreto è stato rinnegato. Le inferriate segretano il più grande peccato».

Così sentenziò la fattucchiera di Argegno, poi lasciò cadere le tendine sui vetri, chiuse le finestre e sparì.

Non si era smentita nemmeno quella volta. Le sue cantilene erano sempre state delle nenie incomprensibili e nessuno era mai riuscito a capirne il significato.

«Il frutto dell'ovile segreto è stato rinnegato» aveva detto e, mettendosi le mani tra i capelli, aveva aggiunto: «Le inferriate segretano il più grande peccato».

Sebastiano non provò nemmeno a cercare di interpretare il senso che si nascondeva dietro quella cantilena. Si precipitò alla porta e cominciò a battere con entrambe le mani, chiuse a pugno.

Il fragore di quel bussare fu talmente forte, che le finestre che davano sulla via si spalancarono. Da quella proprio di fronte si affacciò una giovane donna.

«Ma che diamine!» gridò con il dito indice puntato verso Sebastiano: «Le pare il modo di bussare a una casa? Vuole buttare giù la porta? Ma io qui ho i bambini che dormono!».

Comparve anche un uomo con voce ugualmente decisa: «Ma che ti prende?» sbottò. «Un po' di rispetto per la gente che sta già riposando, perdiana!».

E dopo quelle due finestre se ne spalancarono anche altre e da ognuna arrivarono proteste e persino insulti: «Mascalzone dove pensi di essere?», «Straniero, tornatene in città a fare tutto questo chiasso!».

La Carlina che all'interno sobbalzò sia per i colpi alla porta, sia per gli improperi dei suoi dirimpettai, si precipitò ad aprire nella speranza di sedare entrambi. Sebastiano non la lasciò nemmeno comparire sull'uscio. Appena la porta si aprì, si buttò all'interno e afferrandola per un braccio la spinse al muro.

«Adesso mi dici tutto ciò che sai della mia vita,» la minacciò «mi dici tutto, se non vuoi che ti strozzi con le mie stesse mani!».

La vecchia fattucchiera barcollò sulle gambe poi cominciò a implorare: «Si calmi giovanotto! Che cose vuole che sappia una povera vecchia di paese che non esce mai da casa?».

«Dimmi che cosa sai di Alfio Peduzzi!» le intimò.

«Ma io, ma io...».

«Ma io un corno!» sbraitò Sebastiano: «Invece di blaterare tiritere senza senso, dimmi chi è mio padre e dove lo posso trovare!».

«Non so di che cosa stia parlando signore!» ripeté.

«Che cosa significa "il frutto dell'ovile segreto è stato rinnegato"?».

«Ma nulla» rispose, cercando persino di sogghignare «è una vecchia filastrocca, lo giuro, null'altro!».

«Maledetta strega mi stai mentendo!» e seguitò a sbatterla contro il muro in malo modo.

«Se continui a non parlare ti ammazzo!» la minacciò: «E che cosa volevi dire con quel "le inferriate segretano il più grande peccato"? Su, parla, prima che ti faccia pentire di aver taciuto». La fattucchiera, paonazza in volto, provò a dimenarsi e a difendersi da quella furia, ma più lei si divincolava e più Sebastiano la stringeva.

«Parla maledetta, prima che sia troppo tardi!».

«La prego non mi faccia dire altro» lo scongiurò «che quello che le direi sarebbero solo congetture e dicerie... Se proprio vuole sapere qualcosa di vero su suo padre...».

E seguitava ad ansimare sbarrando gli occhi.

«Se proprio vuole sapere la verità su suo padre,» riprese guardandolo quasi implorante e nella speranza di vederlo tranquillizzarsi «insomma se è quello ciò che lei va cercando, deve andare a bussare all'abbazia di Altavigna in Toscana».

«Che c'entrano i monasteri e i frati con me e la mia famiglia?».

Ma i toni si erano acquietati e anche le mani avevano smesso di stringere la povera Carlina.

«Dia retta a me, non si accontenti delle chiacchiere e dei pettegoli di questo paese, vada al monastero di Altavigna. Lì potrà avere le risposte che cerca».

«E secondo te, strega maledetta, io mi presento in un'abbazia e dico: "Sono qui perché sto cercando di sapere chi è mio padre e una pazza di Argegno mi ha detto di venire da voi"? Questo dovrei fare?».

«Peramordiddio non faccia il mio nome. Non mi tiri in ballo, mi raccomando! Piuttosto, se vuole parlare con chi sa davvero tutto sulla sua famiglia, cerchi di trovare il modo per incontrare un certo fratello Erasmo, lui le saprà dire la verità. Quello è un monaco molto stimato, è originario di queste parti e conosce tutti i segreti e le confessioni della gente di qua. Le potrà svelare ogni cosa anche di suo padre e di sua madre».

Poi, vedendo che Sebastiano si era calmato e si era fatto pensieroso, lo supplicò di nuovo: «Adesso però, la prego, se ne vada che non ho proprio altro da dirle».

«Ma che cosa può sapere un frate rinchiuso là dentro chissà da quanti anni? Dimmi tu, piuttosto, quello che sai!» e riprese a stringerle le mani sul collo, tenendola contro il muro.

A quel punto la Carlina cominciò a sbiancare e ad ansimare.

«Peramordiddio mi lasci,» farfugliò con voce strozzata «Dio santo così mi fate morire».

Sebastiano, sentendola barcollare, mollò la presa e lasciò che si accasciasse sul pavimento.

«Andrò al monastero di Altavigna vecchia megera! Ma se questo Erasmo non mi dirà tutto quello che voglio sapere, torno qui e ti ammazzo!» e uscì di casa sbattendo la porta.

Cinque

Tre colpi di nocche sullo scranno. Terminava così ogni liturgia nella basilica, ma quando quel gesto abitudinario dell'abate segnò la fine del Mattutino, Sebastiano era ancora immerso nei contorti pensieri circa i fatti che lo avevano spinto a entrare nell'abbazia di Altavigna.

Stordito da quei ricordi, si ritrovò a osservare i monaci che cominciavano a passargli di fronte. Erano tutti con il capo abbassato, le mani che stringevano il cappuccio sotto il mento e le braccia incrociate sul petto.

Sembravano tutti identici nei modi e nel portamento, ma Sebastiano cercò comunque di intuire, o anche soltanto di fantasticare, chi mai di loro potesse rispondere al nome di fratello Erasmo.

Mai intendimento fu però tanto ardito e, di lì a poco, anche Sebastiano si preparò, come gli era stato detto di fare, ad accodarsi alla fiumana di abiti neri che usciva dalla chiesa.

Come da regola ferrea, l'ultimo a lasciare la basilica al termine di ogni liturgia era fratello Cassiano, il più giovane dei monaci.

Aveva trentotto anni compiuti da una manciata di mesi e, da altrettanti mesi, l'abate Bernardo gli aveva affidato l'incarico di aiutare il vecchio e sciancato fratello Adalberto a tenere pulite le stalle.

Lui, prima di scegliere la vita monacale, faceva l'ingegnere, direttore in una multinazionale tedesca e l'ultimo stipendio che si era portato a casa valeva più di tutte le bestie che oggi, ogni mattina, l'aspettavano nella piccola fattoria a ridosso dei campi di grano.

Si chiamava Renato Marelli e ci si erano messi in tanti a farlo penare, prima di lasciargli indossare l'abito nero e pronunciare i voti perpetui.

Gli avevano persino messo alle calcagna un frate domenicano di nome Albino, che aveva tentato in tutti i modi di fargli cambiare idea.

«Se proprio un abito lungo vuoi indossare» gli aveva ripetuto «fatti almeno Domenicano e vieni con noi in Africa a salvare i bambini dalla fame e dalla lebbra».

Non ci fu nulla da fare.

Anche Sonia, che da parecchi anni gli faceva il filo, provò a farlo desistere: «Renato, ma che vita pensi di trovare in quel posto?... Tutto solo. Senza amore. Senza figli. E senza un futuro per sognare?».

Nulla.

Dovette arrendersi anche lei e lo stesso fu costretta a fare sua madre, rimasta vedova da pochi anni.

«Bel coraggio ad abbandonare tua mamma... sola e malata» gli aveva detto un giorno con voce accusatoria e occhi imploranti, persi nella disperazione.

Tutto inutile!

Un saluto a frate Albino, un addio alla bella Sonia, un abbraccio alla madre anziana e Renato Marelli, ingegnere informatico, direttore in una multinazionale tedesca, aveva preso il nome di fratello Cassiano.

Nella sua cella, insieme a qualche libro e alla fotografia del padre morto, si era portato due cose soltanto: un paio di jeans scoloriti che non aveva mai più indossato e una vecchia chitarra che non aveva mai più ripreso a suonare.

Quella mattina, proprio fratello Cassiano si presentò in foresteria. Chiese di Sebastiano e, come da ordine dell'abate, se lo portò a lavorare in fattoria.

A Sebastiano non sembrò vero. Dopo tanti monaci di poche o senza parole, di pochi o nessun contatto, adesso avrebbe avuto intere ore della giornata da passare con uno di loro, il più giovane per di più.

Era quanto di meglio gli sarebbe potuto capitare perché, con l'aiuto di Cassiano, sarebbe certamente arrivato a incontrare anche fratello Erasmo.

Doveva solo provare a farselo amico e tentare di instaurare con lui un dialogo che lo rendesse meno reticente e meno ostile degli altri monaci.

Soddisfatto per la giornata che andava a iniziare si avviò fiducioso verso la fattoria.

In quella che Cassiano definì subito "azienda agricola" c'era lui, poi venti conigli e trenta galline. C'erano quattro vitelli nati da poco e due asini bolsi che avevano già vissuto fin troppo. C'erano due vacche pezzate, malmesse da quando erano arrivate e sei cinte senesi, che malmesse lo stavano diventando già da un po'.

Quello era il patrimonio aziendale e la struttura produttiva.

Per tenerla in piedi, c'era l'erba da imballare a fieno due volte l'anno e il mangime a granaglie da comprare tutti i mesi. C'era tutti i giorni l'acqua da pompare dal pozzo e il gasolio per il trattore che non doveva mai mancare. Soprattutto c'era un mezzadro che veniva dal paese quattro ore al giorno e, perché facesse tutto ciò che Adalberto non riusciva più a sbrigare, tutti i mesi andava pagato.

Sebastiano impiegò pochi minuti per capire che la fattoria del monastero era un'azienda di quelle un po' particolari e approfittò dell'argomento per cominciare a instaurare un dialogo.

«Fratello Cassiano, questa fattoria immersa nel verde, con l'Orcia che le scorre intorno, è splendida».

Poi, però, vedendo che Cassiano non era né intenzionato, né particolarmente propenso a parlare, assunse un tono provocatorio.

«Ma per carità, non la chiami azienda,» gli disse «le aziende sono tali se fanno fatturati e se producono utili, ma qui non bisogna essere dei geni per intuire che di fatturato non ce n'è e di utili tantomeno. Fratello Cassiano, lei si ostina a chiamarla così, ma questa è un'impresa che fa acqua da tutte le parti».

Lui, a quel punto, lo guardò storto. Scrollò la testa e continuò a portare via lo sterco di vacca che Adalberto aveva rastrellato soltanto fino alla porta della stalla.

A testa bassa aspettò che suonasse la prima campana per l'Ora Terza e, soprattutto, attese che Adalberto si incamminasse, zoppicando, verso la chiesa, poi si avvicinò a Sebastiano portandoselo in disparte.

«Qui le cose girano diversamente da come succede nel mondo dove vive lei,» gli disse perentorio «qui le aziende stanno in vita... per gli uomini! Non sono gli uomini che vivono per le aziende!».

Era già suonata la seconda campana e tempo per dire altre parole non ce n'era più.

Il discorso lo terminò qualche ora dopo, camminando lungo i corridoi larghi del chiostro, prima di entrare nel refettorio per il pranzo.

«Sebastiano» aggiunse a muso duro «la fattoria è da sempre la vita di fratello Adalberto e la fattoria dovrà vivere fin quando vivrà lui. Certo che è in perdita! Ma non importa, fino a quel giorno i debiti li ripianerà la vigna. Sì, perché qui gli uomini valgono più delle aziende!».

Uno sguardo rassicurante prima di entrare nel silenzio del refettorio, poi: «Sebastiano, io sono il più giovane di tutti i monaci dell'abbazia e me lo ricordo bene come si fa a dirigere una multinazionale, lo so bene come si fa a far fruttare le imprese. Qui però è diverso:

qui prima vengono le persone e poi i fatturati. Se lo ricordi!».

Null'altro. Fratello Cassiano si sedette nell'ultimo degli sgabelli sul lato sinistro del tavolo a ferro di cavallo e, mentre il monaco lettore andò a mettersi davanti all'ambone sfogliando le pagine grosse di un voluminoso messale, altri due, con un grembiule bianco legato in vita sull'abito nero, entrarono nella stanza spingendo un carrello carico di zuppiere fumanti.

I due monaci, con un inchino, posarono le due zuppiere davanti all'abate che stava ritto in piedi nel mezzo del lato più corto del tavolo. Aveva la testa china, il mento che appoggiava sul petto e un crocefisso di legno, enorme, gli incombeva appena dietro le spalle. Quando tutti ebbero preso posto e anche assunta la stessa postura dell'abate, dal fondo si levò una nenia cantilenante in latino che doveva essere la preghiera di benedizione del pasto.

Impossibile capire chi stesse parlando, perché le teste dei monaci erano talmente reclinate che si vedeva soltanto una fila di corone di capelli e di cappucci lasciati sulle spalle.

Terminata la preghiera l'abate diede un colpo alla campana appoggiata sul tavolo e a quel segnale ognuno prese posto sul proprio sgabello.

Il monaco lettore cominciò a salmodiare facendo scorrere il dito indice sulle pagine del messale e nel silenzio l'abate versò nel proprio piatto un mestolo di minestrone di verdura dell'orto.

Null'altro si udiva, se non lo strusciare delle zuppiere sul tavolo di legno, ogni qualvolta i monaci le passavano a chi stava a fianco.

Lo stesso e identico cerimoniale avvenne per due vassoi di peltro scuro, colmi di patate e carote bollite, ugualmente per i taglieri di legno rotondi, con sopra diversi tipi di formaggi e per le quattro brocche, due più grandi e trasparenti con dell'acqua e due più piccole e di coccio marrone con del vino rosso.

Appena zuppiere, vassoi, taglieri e brocche arrivarono sul limitare opposto del tavolo, i due monaci dal grembiale bianco caricarono tutto sui carrelli e sparirono dietro una tenda color nero che dava accesso alla cucina.

Venti minuti, non di più, poi un nuovo tocco di campana, il monaco lettore bloccò la sua nenia e la voce dell'abate, a capo alzato, si levò verso il grande crocefisso.

Poche parole in un latino biascicato e, appena la sua mano si levò benedicente, i monaci abbassarono il capo, poi a uno a uno, partendo da quelli più anziani che sedevano alla destra e alla sinistra dell'abate si incamminarono in fila verso la porta d'uscita.

L'ultimo a lasciare il refettorio fu fratello Cassiano e, solo dopo di lui, poté andarsene anche Sebastiano.

L'occasione era lì a portata di mano.

Sebastiano allungò il passo, raggiunse fratello Cassiano e, senza oltrepassarlo, provò a sussurragli: «Fratello Cassiano, quando possiamo continuare a parlare della fattoria e di fratello Adalberto?».

«Più tardi, dopo l'Ora Nona» fu la risposta a voce bassa e affrettata «per una mezz'ora sarò nella stalla dei vitelli» e corse via verso la cella.

La disponibilità di fratello Cassiano era stata tanto inaspettata, quanto di buon auspicio. Tra tutti quei silenzi e quel volti chini a terra, un monaco sul quale poter contare c'era.

Fermò il passo, aspettò di vederlo scomparire sul fondo del corridoio, poi si incamminò dalla parte opposta verso la foresteria.

"Fratello Cassiano è disposto a parlare!" pensò. E, raggiante, si ritirò nella propria cella, ad aspettare la campana dell'Ora Nona.

Sei

Sebastiano aspettò la fine dell'Ora Nona, poi, appena vide fratello Cassiano comparire sotto il chiostro, lo seguì.

Era una giornata di cielo terso sulla pianura del monastero e il sole, dopo tante giornate di pioggia e gelo, faceva salire una nebbia calda, che dai campi inondava i frutteti e i filari delle vigne poco distanti.

Da lontano si udiva il rumore roco di un trattore che scendeva lento lungo i prati a ridosso del bosco e il gracchiare dei corvi che si ammassavano sulle piante dei cachi ormai spoglie. Si sentiva il gorgogliare del fiume Orcia che scorreva al di là del muro di cinta e di tanto in tanto anche gli spari dei cacciatori sulle colline più lontane.

Fratello Cassiano, portandosi appresso un grosso secchio pieno di granaglie, attraversò di fretta il parco degli Abati e, arrivato alla fattoria, riprese a parlare di quanta fatica si facesse a tenere in vita quel lavoro e di quanto poco fruttasse la stanca attività del vecchio Adalberto.

Sebastiano lo lasciò parlare, fingendo di seguirlo interessato, poi approfittando di una pausa di silenzio, tra un racconto e l'altro della fattoria, gli si avvicinò.

«Fratello Cassiano» gli domandò all'improvviso «ma lei pensa che sia possibile conoscere fratello Erasmo?».

Il gelo. Silenzio e nessuna risposta, come se con quella domanda avesse varcato un confine invalicabile.

«Fratello Cassiano» insistette «mi sono solo permesso di chiederle se per caso, fosse possibile, come sto facendo con lei, scambiare qualche parola anche con fratello Erasmo».

Cassiano si voltò di scatto, lo guardò fisso negli occhi, cercando di capire, da un cenno o da una smorfia, perché mai gli fosse stata formulata una simile domanda, poi girò gli occhi dall'altra parte.

Ancora attimi di imbarazzante silenzio: «Il nostro caro Erasmo se ne è andato in paradiso da cinque anni» rispose rattristato in volto.

«Morto? Mi sta dicendo che Erasmo è già morto?» domandò sconvolto Sebastiano e il tono della voce e l'espressione del viso gli si erano talmente alterati che Cassiano seguitò a dire: «Il Signore se l'è portato via in pochi giorni, la vigilia di Natale di ormai cinque anni fa, ma per quale motivo lei voleva incontrare fratello Erasmo?».

Non ebbe risposta, ma vedendo lo sguardo di Sebastiano sempre più perso domandò: «Ma come fa lei a conoscere fratello Erasmo? La sua morte mi sembra che la stia sconvolgendo».

«No, no. Il fatto è che ne avevo sentito parlare spesso a Como ed essendo qui, in questi giorni, sono stato preso come da una sorta di curiosità» rispose e il desiderio era che non seguissero altre domande, ma Cassiano insistette.

«E che cosa si diceva di lui a Como?».

«Ah! Solo grandi elogi. Ne ho sempre sentito parlare come di un santo monaco».

«Una vita esemplare, davvero una vita santa,» proseguì Cassiano «fratello Erasmo era un monaco di grande preghiera e meditazione, ma era uno che amava anche scrivere molto. Ha passato la sua vita in abbazia studiando, scrivendo e tenendo un meticoloso diario, diventato una sorta di testamento spirituale».

A quel punto Sebastiano gli si avvicinò e sottovoce aggiunse incuriosito: «Ma lei pensa che sia possibile leggere qualcuno dei suoi scritti o qualche pagina dei suoi diari? Le sue parole non potranno che essere uno stimolo alla santità che lui ha già raggiunto».

«A nessuno,» fu la risposta decisa e perentoria «a nessuno può essere permesso leggere gli scritti di un monaco, a meno che il reverendo abate non lo autorizzi espressamente e con decreto ufficiale decida di renderli pubblici».

Sebastiano, ancor più incuriosito dalle sue parole, domandò insistente: «Ma lei pensa che sia possibile, in via del tutto eccezionale, e solo per onorare la sua eletta memoria, fare visita alla cella di fratello Erasmo?».

Il volto di Cassiano si corrucciò.

«Parole stolte, Sebastiano. Le degenerazioni del mondo e i decadimenti della modernità sono attecchiti già da tempo anche nei monasteri, contaminandone la vita e i principi sacri di una secolare tradizione. Ma violare la clausura è sempre stato e sempre resterà impossibile».

Sebastiano lo incalzò: «Ma tutti gli scritti, le memorie e i diari di fratello Erasmo sono conservati ancora nella sua cella?».

«La sua cella è chiusa dal giorno della sua morte. Tutti i suoi scritti sono stati portati in un luogo segreto del monastero e i suoi effetti personali sono stati bruciati, come sempre avviene alla morte di un monaco».

«Sarei curioso» provò a insistere Sebastiano «o meglio sarei onorato anche soltanto di poter vedere il luogo dove fratello Erasmo ha vissuto gran parte della sua vita».

Fratello Cassiano ebbe un moto di stizza. Gettò il rastrello contro il muro, poi uno sguardo deciso e le parole altrettanto: «Nessuno, nessuno mai, potrà varcare quella soglia».

Consapevole di aver ecceduto e di essere andato oltre ogni più legittima possibilità di richiesta, Sebastiano abbassò gli occhi e finse di rendersi utile, spostando da un angolo all'altro un secchio di rame colmo d'acqua.

Nessun'altra parola tra i due, ma solo gesti silenziosi e sguardi che si soffermavano ovunque, piuttosto che rischiare di incontrare quelli dell'altro.

Trascorsero alcuni minuti e il rintocco della campana chiamò di nuovo i monaci in basilica per i Vespri.

I due si incamminarono, ma Cassiano lo interrogò di nuovo: «Chi altro conosce nel monastero, a eccezione, ovviamente, dell'abate Bernardo che le ha permesso di passare qualche giorno di meditazione in questo luogo santo?».

Il tono della voce si era fatto indagatore e l'espressione del viso così turbata che Sebastiano si affrettò a rassicurarlo.

«Nessuno, non conosco nessun altro» disse e subito, quasi a volerlo rasserenare aggiunse: «Nessuno a esclusione di lei, fratello Cassiano, al quale chiedo perdono per l'impertinenza di aver preteso ciò che in monastero non è permesso».

Cassiano accelerò il passo e non aggiunse altro.

Per quel giorno non c'era altra possibilità di rivolgergli ulteriori parole e Sebastiano si rassegnò a seguirlo, verso l'ingresso della chiesa.

Sette

Dopo aver saputo della morte di fratello Erasmo, non gli restava altra strada che cercare di trovare, dentro l'abbazia, qualche suo scritto o diario segreto.

Bisognava però aspettare che le tenebre e il silenzio calassero sul monastero.

Sebastiano, poco dopo le 21, al termine dell'ultima preghiera comune, si ritirò nella sua stanza, scostò leggermente le tende, aprì di poco le ante di legno e attese di vedere spegnersi tutte le luci delle celle dei monaci che si allineavano sul muro di fronte.

Proprio a metà della lunga fila di finestre illuminate, ce n'era una già buia.

Quella non poteva che essere la cella vuota di fratello Erasmo ed era collocata prima della vetrata, che lasciava intravedere lo scalone, situato tra i due piani dello stabile.

Era ancora intento a scrutare la lunga sequenza di luci quando scorse una sagoma nera attraversare il parco degli Abati.

Allarmato, spalancò le imposte e si sporse per vedere chi mai stesse camminando all'esterno, a quell'ora così tarda, con tutti i monaci già nelle loro stanze.

L'ombra superò la grande Torre, proseguì lungo il parco e puntò in direzione della fattoria.

Il primo pensiero di Sebastiano fu per fratello Cassiano, con il quale aveva appena avuto quel colloquio aspro, in certi momenti persino brusco e di certo inappropriato.

La figura che gli apparve e anche l'ombra disegnata sul selciato, però, non corrispondevano alla corporatura di Cassiano.

Era un uomo decisamente più tarchiato, più basso e dal passo non certamente giovanile e sicuro, come quello del monaco incontrato nella fattoria.

Sebastiano si sporse più che poté, appoggiando il petto sul davanzale e lo vide avvicinarsi alla foresteria.

Teneva in mano un enorme mazzo di chiavi e, appena fu sotto alla finestra, con il viso illuminato dal lampione d'ingresso, i lineamenti collimarono con quelli del luciferario.

Aveva incontrato fratello Matteo la sera precedente, ma non l'aveva mai visto all'opera.

Quella volta capì perfettamente a che cosa serviva la sua mansione dal nome tanto strano.

Con tre colpi decisi girò la chiave nella toppa del cancello che portava nei campi, si assicurò con uno strattone che fosse davvero chiuso e poi passò in rassegna tutte le finestre del piano terra della foresteria. Di ognuna afferrava le ante e le scuoteva, facendo rimbombare il rumore dei cardini di ferro in tutto il cortile. Lo stesso fece alle porte e agli altri piccoli cancelletti che davano accesso ai sotterranei e davanti a ogni passaggio si assicurava che fosse ben serrato e inviolabile. Sprangò ben bene anche il portone d'ingresso alle cantine, pure quello che conduceva alla chiesa e, per ultimo, tornò alla cancellata principale che divideva il monastero dalla foresteria.

Il luciferario estrasse dalla tasca sinistra una chiave singola, la infilò nel lucchetto e diede quattro giri. Poi alzò un palo che stava sulla colonna di destra e lo incastrò in un anello che stava sulla colonna opposta.

Un colpo di tosse roco e, con lo stesso passo frettoloso, attraversò il chiostro del Dragone, poi quello del Tiglio e sparì dietro l'ultima colonna del chiostro del Pozzo Bianco. Lo sentì armeggiare al cancello che portava alla clausura, poi più nulla.

L'ultima attività dentro le mura dell'abbazia era compiuta e ormai tutto era sprangato, con ogni via di ingresso, di uscita o di comunicazione interdetta.

Calò un silenzio lugubre, reso plumbeo dai riflessi opachi della luna sui muri e sulle inferriate sbarrate.

Alle 22 in punto, insieme al rintocco delle campane, cominciò a spegnersi la prima delle tante lucine che filtravano dalle celle dei monaci.

In pochi minuti, una a una, tutte le finestre si oscurarono e, dopo qualche attimo, si fece buio anche nell'ultima, quella d'angolo, che dava sul giardino dei Cavalieri. Era il segno che anche l'abate aveva preso sonno e nessun altro vegliava dentro il monastero.

Sebastiano, a quel punto, lasciò ricadere la tenda, accostò le ante, spense le luci e si preparò per uscire.

Era la notte appena successiva a quella luminosa di luna piena, il cielo era sereno ed era la situazione ideale per potersi aggirare nei meandri del monastero senza doversi portare appresso un lume, che avrebbe potuto insospettire lo sguardo di qualche monaco insonne.

Il cancello, che separava la foresteria dalle aree frequentate dai monaci, era però appena stato chiuso, con meticolosa attenzione, ed era impossibile accedere al parco degli Abati, o peggio ancora ai chiostri.

Sebastiano uscì comunque dalla propria stanza e iniziò a percorrere, in punta di piedi e quasi trattenendo il respiro, i ripidi gradini di sasso che portavano al piano terra.

A metà della rampa incontrò una prima uscita. Era una porticina di legno scuro alta poco più di un metro e con l'architrave arrotondata. Provò ad appoggiare la mano sul chiavistello, ma non servì. La scosse più volte con entrambe le mani, ma inutilmente.

Scese allora altri gradini e incontrò un cancelletto, oltre il quale si intravedeva una ripida e stretta scala a chiocciola che tornava verso l'alto. Non servì provare a scuotere il chiavistello. C'era, ben in vista, una grossa catena, serrata da un lucchetto arrugginito, di quelli vecchi e tozzi, che non era più stato aperto da chissà quanto tempo.

Seguitò a scendere e si trovò davanti a un portone alto, di legno nero, con uno spioncino all'altezza del viso. Provò a tirare il catenaccio, ma non sentì nemmeno lo scricchiolio. Tentò di strattonarlo, ma non si mosse. A quel punto allungò la mano verso l'alto. La finestrella si aprì, ma era larga poco più di una spanna e per di più era spezzata da un ruvido ferro, a forma di croce, ben fissato, che impediva persino di poter allungare una mano verso l'esterno.

Sulla destra c'era anche un passaggio sprangato da una lastra di colore scuro, senza maniglie, ma soltanto con una fessura della larghezza più o meno di quattro dita. Provò a tirare, ma trovò resistenza. La spinse e uno stridio accompagnò la mano verso l'apertura. Entrò, ma si trovò dentro uno sgabuzzino buio dove, a malapena, si vedevano delle vecchie sedie accatastate, un grosso vetro rotto e coperto di polvere e, nell'angolo opposto, una scopa consumata e dei secchi, con dentro degli stracci sporchi.

Sebastiano ritornò sui suoi passi e provò a risalire la scala che portava alle stanze. Da lì i gradini proseguivano verso il piano superiore, ma appena girata l'ultima rampa, si imbatté in un altro portoncino, minuscolo e malmesso.

Era sicuramente il portoncino che doveva dare l'accesso ai solai che correvano proprio sotto i coppi e le travi del tetto.

Non avrebbe condotto da nessuna parte quel pertugio, se non al freddo di abbaini senza via d'uscita, ma

Sebastiano volle comunque tentare di spingere anche quell'accesso.

Provò con la mano. Ci si appoggiò con entrambe e, sbuffando per lo sconforto, diede una spallata violenta.

Improvvisamente si udì uno stridere di serratura e un cigolio di legno. Provò con una seconda spallata e il rumore si fece più sordo.

Diede un terzo colpo. Ma nulla. Anche quella via era sbarrata.

Sebastiano, sconsolato dal sentirsi come rinchiuso in una gabbia, si voltò e percorse a ritroso la scala dalla quale era salito.

Ridiscese nervoso, riprovò, senza successo, a spingere tutte le porte e i pertugi che già aveva trovato serrati e, non avendo altro risultato che la conferma di essere rinchiuso senza via di scampo, risalì.

Non c'era altra uscita in quel monastero. Rientrò nella propria stanza e sconfortato si gettò sul letto.

Otto

Lo scampanio delle 4.30 colse Sebastiano in un sonno ancora lieve.

Balzò in piedi, si sciacquò il viso con l'acqua gelida della cella e, appena suonò la seconda campana, si incamminò lungo il corridoio buio che portava alla chiesa.

Il primo a illuminare il chiostro con la sua lucerna e anche il primo a sedersi sugli scranni intarsiati del coro, anche quel giorno fu fratello Norberto, ottantacinque anni, il più anziano dei monaci ancora attivi.

In monastero ci era entrato quando ne aveva venti ed erano esattamente sessantacinque anni che faceva ogni giorno le stesse e identiche cose.

Quando Sebastiano se lo vide davanti, quasi senza volerlo, si ritrovò a raffrontare la sua vita da monaco con quella del nonno di Federica, che di nome faceva Carlo e di mestiere il macellaio.

Siccome i monaci, da seicento anni, entravano in chiesa a pregare sette volte al giorno, fratello Norberto, una più una meno, doveva aver varcato il portone della chiesa centosessantaseimila e settantacinque volte.

Quel brav'uomo del Carlo, che pure in chiesa a Como ci andava tutte le domeniche e di Messe non se n'era mai persa una, a calcoli fatti, all'età di ottantacinque anni, in chiesa ci sarà entrato non più di quattromila volte.

Ciò che però lo impressionava, non era la disparità del numero. Del resto era normale che fosse così: fratello Norberto viveva in monastero e nonno Carlo in macelleria. Quello che lo inquietava e stupiva era piuttosto l'identico ripetersi, ogni giorno, delle medesime cose.

Fratello Norberto, una più una meno, aveva oltrepassato la porta della stessa chiesa già duecentomila volte, sempre per cantare gli stessi salmi, sempre per sentire leggere le stesse pagine, sempre ascoltando la stessa musica d'organo e, immancabilmente, sempre con seduti al fianco gli stessi monaci.

Nonno Carlo, invece, alla domenica, cambiava spesso chiesa, perché diceva che il prete giusto per lui, non l'aveva ancora trovato. La gente che aveva al fianco era sempre diversa e nella sua lunga vita ne aveva viste di cose cambiare, anche dentro le chiese. Dalle donne con il velo nero in testa, tutte nella fila di sinistra, alle ragazzine che cantavano e ballavano attorno all'altare. Dal far fatica a trovare posto tra i banchi quando, da giovane, arrivava in anticipo, ad avere posti liberi intorno, anche quando, da vecchio, arrivava in ritardo.

Fratello Norberto no. Dentro quella chiesa in sessantacinque anni non aveva visto cambiare proprio niente, né i riti, né la musica, né la gente, né gli orari e nemmeno il numero di chi ci entrava.

Tutto tremendamente uguale e identico... per centosessantaseimila e settantacinque volte in sessantacinque anni: sette volte al giorno, quarantanove volte la settimana, duemilacinquecentocinquantacinque volte l'anno.

E l'identico e il sempre uguale accompagnavano anche tutto il resto della giornata di fratello Norberto.

La vita di nonno Carlo, per esempio, non aveva mai avuto un giorno uguale all'altro.

Aveva avuto due mogli, allevato sei figli e fatto quattro lavori differenti.

Aveva cambiato casa sette volte e tre il paese di residenza. Aveva perso una guerra e anche una decina di scommesse, ma due volte aveva vinto una causa in tribunale.

Aveva visto stravolgersi il mondo, aveva visto alternarsi almeno dieci governi, e prima di morire si era tolto pure lo sfizio di andare a vedere se fosse per caso cambiata anche la Germania... dove l'avevano internato.

Fratello Norberto no. Nei suoi ventitremilasettecentoventicinque giorni vissuti in questo monastero, lui aveva solo smielato arnie e riempito vasetti di miele. Tutti i giorni così, sapendo che quello che aveva fatto ieri, lo avrebbe fatto anche domani ed esattamente nello stesso modo in cui l'avrebbe fatto anche oggi.

Fratello Norberto, ottantacinque anni, prima o poi, morirà come è morto nonno Carlo.

Il vecchio macellaio aveva lasciato ai suoi sei figli quasi trecento milioni di lire, due appartamenti in centro a Como, un negozio con il box e un ettaro di bosco fuori città.

Fratello Norberto, quando succederà, lascerà all'abbazia il ricordo dei suoi ventitremila e più giorni passati a riempire vasetti di miele e le sue duecentomila e più ore, trascorse in chiesa a pregare. Nient'altro.

Perché di nient'altro è stato padrone in tutta la sua vita in monastero.

Proprietario di nulla. E il suo abito, smunto e liso, verrà bruciato nel camino, insieme al breviario, dalle pagine consunte e sdrucite.

Con quegli strani pensieri nella mente, Sebastiano prese posto in chiesa e si preparò alla prima liturgia dell'alba, sapendo che anche quella giornata sarebbe trascorsa con gli stessi ritmi della giornata precedente e, soprattutto, già pensando che, all'arrivo della notte, il luciferario l'avrebbe di nuovo rinchiuso dentro la foresteria.

L'unica possibilità per sfuggire all'identico ripetersi di quella segregazione e, di conseguenza, l'unico modo per poter girare liberamente nel monastero alla ricerca degli scritti di fratello Erasmo, era quello di scovare dove fratello Matteo nascondesse il mazzo di chiavi dell'abbazia.

Aspettò dunque la fine delle Lodi mattutine poi si preparò a seguirlo.

Il luciferario, lasciò il passo a fratello Norberto che, come ogni mattina, avrebbe attraversato il parco degli

Abati per raggiungere il mielario e si incamminò lungo il breve corridoio che dalla chiesa si immetteva al chiostro del Tiglio. Sebastiano lo seguì e, appena notò che svoltava verso il chiostro del Dragone, lontano dalla vista di chiunque e sufficientemente a distanza dagli altri monaci, lo raggiunse.

«Fratello Matteo» gli disse assumendo lo stesso ritmo dei suoi passi «ieri notte, dalla finestra della foresteria l'ho osservata mentre chiudeva tutte le porte, i cancelli e le finestre del monastero».

«E che cosa ha colto di così strano per venirmelo a dire?» domandò il monaco.

«Nulla! Assolutamente nulla. Mi è soltanto sembrata un'incombenza molto pesante, che ha richiesto parecchio tempo e anche molto disagevole per via del freddo».

«In abbazia» fu la risposta immediata e senza interrompere il passo veloce «ogni fratello ha i suoi compiti e nessuna attività è più gravosa dell'altra, perché tutte contribuiscono alla vita della comunità e ognuno di noi svolge il proprio incarico come fosse una lode a Dio e un ringraziamento per la vita che ogni giorno ci dona».

«Certo,» si affrettò ad assecondarlo Sebastiano «lo dicevo soltanto per offrirle la mia disponibilità. Se lei volesse… magari questa sera, se crede, visto che oggi fa ancora più freddo di ieri e pare che verso sera arrivi anche un vento freddo dalle Apuane… Se insomma vuole che io l'aiuti a chiudere le porte e le finestre del monastero, può contare sulla mia disponibilità. In fondo io resterò così pochi giorni in monastero, che per una sera posso anche prendere un po' di freddo e, con ben poco sforzo, accorciare il suo lavoro».

Fratello Matteo lo scrutò in viso perplesso.

«Lei è molto gentile a offrirsi per questo servizio, più tardi chiederò all'abate se le potrà essere concesso» aprì la porta della sala degli arazzi e sparì.

Sebastiano, rimasto solo nel corridoio, non poté fare altro che tornare sui suoi passi e raggiungere la propria stanza, in attesa della prossima campana, che di lì a una mezz'ora avrebbe segnato l'inizio dell'Ora Prima.

Aspettò di sentire il rintocco scendere dal campanile e si precipitò verso la chiesa, sperando che il luciferario arrivasse già con il benestare dell'abate.

Lo vide giungere tra i primi, ma passandogli accanto si limitò a un inchino come ogni volta che un monaco incontrava qualcun altro sui propri passi, e prese posto nel coro.

La stesso rito si ripeté dopo due ore per l'Ora Terza e identico anche all'Ora Nona.

Verso sera, quando lo scampanio chiamò i monaci per i Vespri, e quando ormai Sebastiano aveva perso ogni speranza di poter accompagnare il luciferario nel giro serale, fratello Matteo lo aspettò all'ingresso della chiesa. Quando lo vide arrivare, senza perdersi in troppe parole, che in quel luogo erano assolutamente vietate, si limitò a sussurragli: «Questa sera, subito dopo Compieta, si faccia trovare al chiostro del Pozzo Bianco» e, senza dire altro, entrò in basilica, allineandosi in coro, tra tutti gli altri monaci, che già erano seduti nei propri scranni.

Non pensò ad altro nell'ora di preghiera della sera. E quando venne il momento dell'ultima funzione, prima del riposo, Sebastiano cominciò a sentirsi dentro un'ansia che lo faceva tremare. Appena scesa la notte, forse, avrebbe avuto l'occasione di carpire al monaco luciferaio i segreti per potersi muovere liberamente in monastero.

All'ora stabilita, il chiostro del Pozzo Bianco risuonò dello sferragliare di un enorme mazzo di chiavi che si avvicinava, insieme al fruscio dell'abito e ai passi veloci e pesanti di fratello Matteo.

«Sono in ritardo questa sera» disse di gran fretta «sia lodato Iddio che per una volta avrò un aiutante» e si incamminò verso il portone che dava sul giardino dei Cavalieri.

Prese la chiave più grossa, la infilò nella toppa e, con quattro pesanti mandate, sbarrò il primo dei varchi che davano accesso all'abbazia.

Si incamminò verso il muro di cinta e, con due scossoni decisi, si assicurò che il cancello che portava ai campi fosse chiuso. Lo stesso fece per quello che si apriva sul viale che conduceva alla fattoria poi, togliendo dal mazzo una vecchia chiave, usurata dagli anni, sbarrò anche il portone che dava accesso all'erboristeria, al mielario e alle stalle.

«Adesso vanno controllate tutte le finestre del piano terra» disse strattonando la prima e Sebastiano si premurò di fare lo stesso.

Ci vollero circa venti minuti per passare in rassegna tutti i cancelli, le porte e le finestre del piano terra del monastero e alla fine, quando giunsero davanti alla foresteria, fratello Matteo si affrettò a congedare Sebastiano: «Lei può fermarsi qui,» disse tracciandogli anche un segno di croce sul capo «grazie dell'aiuto, Sebastiano, io adesso devo solo controllare il portone della chiesa poi me ne vado anch'io a dormire» e mentre cercava la chiave giusta dal mazzo lo salutò con un: «Torni pure nella sua stanza e mi raccomando si assicuri che il lucchetto sia chiuso perché, di notte, nessuno deve poter entrare e nessuno deve poter uscire dalla foresteria».

E se ne andò.

Sebastiano arrivò all'ingresso della foresteria, entrò e si guardò intorno.

Nessuno. Non c'era nessuno e anche fratello Matteo si stava allontanando in direzione della basilica. Sollevò la catena, la girò intorno al cancello, poi, dando un'ultima occhiata, lasciò ricadere il lucchetto aperto e tornò nel cortile.

L'ombra di fratello Matteo si stava allontanando e Sebastiano, camminando in punta di piedi lo seguì. Attraversò il chiostro del Dragone, superò quello del Tiglio e lo vide svoltare nel corridoio che portava verso la biblioteca. Seguitò ad osservarlo e quando fratello Matteo cominciò ad armeggiare per chiudere il portone, Sebastiano andò a nascondersi dietro l'ultima colonna.

Proprio a ridosso dell'ingresso della biblioteca c'era una porta di ferro con le giunture borchiate di rame.

Fratello Matteo, con il grosso mazzo di chiavi in mano, sparì oltre quell'uscio, ma dopo pochi attimi tornò ed era a mani vuote.

Aveva solo una chiave scura con la quale richiuse la porta di ferro, poi alzò la mano destra sul muro e mosse una pietra quadrata. Infilò le dita e le ritrasse senza la chiave. Rimise la pietra al suo posto e sparì in direzione della clausura.

Sebastiano raggelò.

Oltre quella porta c'erano le chiavi del monastero e il segreto per prenderle stava nascosto dietro una pietra anonima del muro della biblioteca.

Corse verso la propria stanza, lasciò il lucchetto della foresteria aperto ed entrò.

Aprì la finestra e cominciò a scrutare le luci della clausura ancora tutte accese.

Con le chiavi del luciferario avrebbe raggiunto ogni angolo del monastero e forse un baule con gli scritti di fratello Erasmo, da qualunque parte fosse, anche nel più sperduto degli antri, sarebbe saltato fuori.

Ne era certo. Bisognava solo avere l'accortezza di non essere scoperti e una grande infinita pazienza nel cercare.

Aspettò di vedere le luci delle celle spegnersi una a una. Attese che anche quella dell'abate fosse buia poi, in punta di piedi, ridiscese nel chiostro del Dragone.

Nove

C'era una luna talmente luminosa, che attraversare il giardino del chiostro del Dragone sarebbe stato troppo pericoloso, Sebastiano imboccò allora il porticato che lo cingeva sui quattro lati e lo percorse tutto, stando bene attento a camminare il più rasente possibile al muro. La luce rischiava infatti di aggiungere alla propria figura anche un'ombra nera e quella sarebbe stata sicuramente notata, se qualche monaco si fosse affacciato a una delle finestre della clausura.

Raggiunse la porta di ferro con le giunture borchiate di rame che stava a ridosso della biblioteca e si fermò.

Si guardò alle spalle e non vedendo nessuno, allungò la mano verso la pietra movibile. La scostò, come aveva visto fare al monaco luciferario e, appena infilate le dita, sentì il freddo della chiave. La afferrò e, tremante, rimise al suo posto la pietra quadrata.

Andò ad aprire la porta e prese il mazzo nascosto.

Era un fascio pesante di chiavi diverse, ma nessuna con un cartellino che indicasse la serratura da abbinare.

Prese la prima e si affrettò verso il portone che si affacciava sul chiostro del Tiglio, quello che dava poi accesso alla clausura.

Provò a infilarla, ma riuscì soltanto a sentire degli inutili stridii.

Ne afferrò un'altra, ma ottenne lo stesso risultato. Una terza più grossa e arzigogolata, ma non riuscì nemmeno a infilarla nella toppa. Provò una quarta, una quinta, ma ogni volta solo rumori aspri di ferro.

Cominciò ad ansimare, ma più che per la fatica, era per la paura e anche per il freddo che gli faceva tremare le mani. Terrorizzato all'idea che qualche monaco insonne potesse circolare nei corridoi soprastanti e, affacciandosi, potesse vederlo mentre armeggiava su quella porta troppo esposta alla vista, raccolse le chiavi nelle mani e si affrettò a raggiungere, dalla parte opposta, un ingresso più appartato.

Le riprovò tutte, ma risentì gli stessi scricchiolii e constatò la stessa forzata resistenza.

Quando ormai stava per convincersi che nessuna avrebbe aperto le porte che conducevano nelle parti più interne del monastero, sentì un cigolio più lieve e la chiave iniziò a girare, seguendo la forza della mano.

Si bloccò al quarto giro e, di lì a un attimo, spingendo leggermente con la spalla sul legno, si trovò davanti a una scala. La percorse e arrivò alle balconate che davano sul parco degli Abati.

La luce della luna, in quel punto, entrava dalle arcate aperte e batteva diretta sul muro che stava sulla sinistra.

Non c'era altro modo per percorrerle che gettarsi carponi sul pavimento e procedere facendosi proteggere dal muretto alto poco più di un metro.

Lo fece e appena si trovò davanti a un'altra porta, che gli sbarrava il passo, iniziò nuovamente a passare in rassegna le chiavi. Ci provò per un buon quarto d'ora, ma non ottenne alcun risultato.

Proprio a pochi metri, però, c'era una porticina angusta che dava accesso a una scala a chiocciola molto stretta. Percorrendola si arrivava ai piani superiori e una volta raggiunti, ne era certo, qualche locale inviolato si sarebbe potuto aprire.

Il freddo della notte si stava facendo sempre più pungente e Sebastiano, dopo essersi strofinato più volte le mani sugli abiti, riprese il mazzo senza perdersi d'animo.

Dovette passare in rassegna una decina di chiavi, prima di sentire ruotare quella giusta: la vista di quella scala lo aveva talmente galvanizzato, che cominciò a salire quasi correndo.

Si bloccò soltanto quando dal campanile, che stava poco distante, partì il primo dei dodici rintocchi della mezzanotte. Il rumore, dentro quella scala a chiocciola, era così amplificato e rimbombava così forte, da una parete all'altra, che dovette fermarsi e tapparsi le orecchie con le mani.

Appena tornò il silenzio e sparì anche il fastidioso effetto dell'eco, riprese a salire. Quei gradini stretti e attorcigliati contro le pareti sembravano non finire mai e, nonostante il respiro gli si facesse sempre più affannoso, seguitò ad andare avanti. Quella scala l'avrebbe portato nel cuore del monastero, ne era certo.

D'un tratto, mentre per la fatica aveva il viso reclinato verso terra, andò a sbattere con la testa.

Alzò lo sguardo e si trovò davanti a un cancello a maglie di ferro molto strette, tenuto serrato da una catena con un lucchetto.

Provò tutte le chiavi che aveva in mano, ma nonostante le ripassasse meticolosamente, nessuna riuscì a sciogliere quella catena.

Sconsolato e rabbioso, ridiscese nel chiostro e andò dalla parte opposta da dove partiva un'identica scala a chiocciola, ma che portava direttamente nei sottotetti, saltando l'uscita del piano superiore.

Salì, e quando fu in alto trovò a ostacolargli il passo un'inferriata con due serrature, una in alto e l'altra quasi a terra.

Sarà stata ormai la destrezza nel far scorrere tra le dita tutte le chiavi, sta di fatto che, al secondo tentativo, si aprì quella superiore e al quarto anche quella inferiore.

Oltrepassò la cancellata e, seguendo un corridoio angusto tutto muffa e odori nauseabondi, arrivò a una botola rotonda con una maniglia di corda nel mezzo.

La sollevò e gli apparvero le architravi in legno del tetto.

Nonostante l'assenza di qualunque finestra, c'era comunque luce, perché di tanto in tanto le tegole erano di un vetro spesso trasparente e i riflessi della luna riuscivano a illuminare anche gli angoli più nascosti. Non solo, in almeno quattro punti, si alzavano anche degli abbaini, dai quali entrava luce più che a sufficienza per muoversi con sicurezza.

Percorse pochi passi e si imbatté in una fila di bauli neri tutti uguali e tutti ricoperti da un'identica quantità di polvere e ragnatele.

Mosse il chiavistello del primo e si aprì.

Vuoto.

Il secondo lo stesso, il terzo aveva sul fondo uno straccio marrone appallottolato e il quarto dei vecchi giornali ingialliti e mangiati dai topi.

Si incamminò verso uno dei punti più luminosi e intravide un armadio di larice che in origine doveva essere stato di un bel colore chiaro, ma che il tempo aveva chiazzato di umidità. Lo aprì. Dentro, però, c'erano soltanto delle anfore di ceramica slabbrate, qualche vasetto di vetro sporco e dei fili elettrici arrotolati in malo modo.

Non si perse d'animo, seguitò a camminare e, verso il fondo, dove il tetto girava sulla sinistra ad angolo retto, si imbatté in una lunga catasta di vecchie sedie di ferro arrugginite, una decina di spalliere di letti scardinati e anche dei materassi con le molle che avevano squarciato la copertura in stoffa.

In quel sottotetto pieno soltanto di scarti di secoli di vita, non avrebbe trovato nulla di quello che andava cercando.

Fece a ritroso la strada percorsa e, quando il campanile lasciò partire i tre rintocchi, si affrettò a tornare nel chiostro del Pozzo Bianco.

Rimise il mazzo nello sgabuzzino, appoggiò la chiave dentro il buco nel muro, risistemò la pietra quadrata e, sempre muovendosi rasente alle pareti, per evitare ombre di luna, ritornò nella sua stanza, con addosso soltanto un acre odore di muffa.

Fece solo in tempo a lavarsi di fretta il viso, imbrattato da polvere e ragnatele, che udì lo scampanio delle 4.30.

Per tutto quel giorno non parlò con nessuno e nessuno gli rivolse la parola.

La notte seguente decise di tornare a riprendere il mazzo di chiavi e la impiegò tutta, sopportando le stesse peripezie e la stessa estenuante fatica, per perlustrare le cantine che correvano sotto le ali del monastero. Lì, però, trovò soltanto vecchi attrezzi di campagna in disuso, delle damigiane con le coperture di vimini sfilacciate e una marea di bottiglie incrostate e accatastate su scaffali umidi e cadenti.

La terza notte riuscì a entrare nella torre grande che stava nel parco degli Abati e andò a frugare anche in tutti i bugigattoli, ricavati davanti alle finestre di ogni piano. Nulla. Tutti vuoti, o con cianfrusaglie di nessun conto.

Lo stesso successe per il ripostiglio di fianco alla balconata centrale che guardava sul giardino dei Cavalieri. E ugualmente avvenne per il ripostiglio di fianco all'erboristeria.

Tre notti insonni. Tre notti di fatica. Tre notti servite soltanto a raggiungere luoghi abbandonati e semi vuoti.

Preso dallo sconforto pensò che era inutile insistere. Sebastiano si convinse che, con quelle chiavi, nel cuore dell'antica abbazia non ci sarebbe mai arrivato.

Dieci

"L'antica biblioteca!" pensò Sebastiano. Sì, se c'era un posto dove potevano essere custoditi gli scritti di fratello Erasmo, quello non poteva che essere la storica biblioteca.

Sebastiano aspettò la fine dell'Ora Nona, poi si incamminò, come di consuetudine, lungo il corridoio del chiostro del Tiglio, ma quel pomeriggio lo fece nel modo più lento possibile. Di tanto in tanto, per rallentare il proprio passo, fingeva persino di voler ammirare gli affreschi che decoravano le pareti e, a ogni indugio, qualche monaco lo superava. Con quel sistema, dapprima vide passare i più giovani che andavano più spediti e poi via via gli altri.

Il vecchio bibliotecario, padre Anselmo, che di anni sulle spalle ne aveva tanti e al quale gli acciacchi della vecchiaia si erano accaniti tutti sulle gambe, sarebbe arrivato per ultimo, o al massimo poco prima di fratello Norberto, che in monastero era più anziano di lui, ma in compenso aveva meno malanni.

A uno a uno se li vide sfilare tutti. C'era chi farfugliava monconi di preghiere in latino, chi sistemava i segnalibri colorati dentro il breviario e chi, stropicciandosi le mani per il freddo, si stringeva il cappuccio sulla testa.

Padre Anselmo, accompagnato dal suo fidato aiuto bibliotecario, fratello Antonio, arrivò come previsto con passo lento, quando gli altri avevano già tutti oltrepassato l'arco delle Ginestre che dava accesso al chiostro del Pozzo Bianco. Prima di lui, però, giunse il suono roco della sua voce.

«Figliolo, se sono io quello che sta aspettando» borbottò tenendo la testa china «non perda tempo a guardare quei brutti affreschi. Sono solo scarabocchi di qualche allievo maldestro d'epoca già decadente».

Sebastiano si voltò di scatto. Padre Anselmo era lì a un passo.

Ottant'anni, una lunga barba bianca, il volto segnato da rughe molto profonde, soprattutto sulla fronte, e una manciata di capelli radi, di color argento che gli segnavano la nuca. Alto, magro, con la veste sdrucita soprattutto sui gomiti, per le infinite ore passate con le braccia sullo scrittoio e anche smunta sul torace per gli altrettanti infiniti tomi trasportati stringendoseli al petto. Le mani erano enormi, finissime e raggrinzite sul dorso e sulle nocche. Si aiutava, nel camminare, con un bastone contorto di ulivo scuro, dalla punta color argento e a ogni passo pencolava leggermente sulla destra, per via di una sciatica che lo stava anche ingobbendo.

A dispetto di quel corpo segnato dagli anni e dalla vita sempre al chiuso della biblioteca, padre Anselmo aveva due occhi lucenti, penetranti, di un azzurro intenso, che spiccavano ancor di più perché il fatto di essersi incurvato anche con la testa, lo costringeva, quando voleva guardare in faccia qualcuno, ad alzare lo sguardo più che il capo.

Sebastiano, che per la prima volta lo vedeva così da vicino, rimase ammaliato dal carisma che sprigionava il suo sguardo. Non riuscì a proferire parola e se non fossero sopraggiunte le sue, probabilmente lo avrebbe lasciato andare via senza dire nulla.

«Se sta aspettando me» lo incalzò «avrà qualcosa da chiedermi, immagino!».

«Sì, certo,» balbettò Sebastiano «ho sentito parlare molto della sua biblioteca. Lo stesso abate Bernardo me l'ha descritta come un forziere che nasconde patrimoni di sapere e di fede».

«Il sapere senza la fede è ignoranza! La fede senza il sapere è stoltezza!» sentenziò con il dito puntato proprio verso il viso di Sebastiano: «Nessuno deve mai entrare in una biblioteca senza la fede. Nessuno deve mai entrare in una chiesa senza il sapere».

«Ecco, appunto» provò a rispondere Sebastiano «quello che io avevo in animo di chiederle, era proprio se lei volesse concedermi l'onore di poter accedere alla biblioteca, anche solo per assaporare il sapere che lei ha conservato... e certamente spinto dalla fede di cui lei è maestro».

«Figliolo, nella fede nessuno è maestro e il sapere nessuno lo può conservare! Aspirare, però, al sapere, spinto dalla fede è la strada giusta».

Tossì più volte, contorcendo il volto per il dolore al petto, poi mormorò, picchiando il bastone sulle mattonelle del chiostro: «Se questa maledetta bronchite non mi porta al Creatore già stanotte, domani mattina, dopo l'Ora Terza, l'aspetto alla porta del Serpente». E, accompagnato da fratello Antonio, se ne andò, seguitando a tossire e barcollando sulle gambe malferme.

Quando dopo l'ultima delle sette rampe di sasso, che a spirale salivano verso la biblioteca, comparve il portale di marmo bianco, con incise le contorsioni di un serpente, Sebastiano rimase incantato. Era un immenso arco bugnato e arricchito da sculture di animali e volti tratti da scene bibliche, dentro il quale stava racchiuso un portone a doppia anta di legno intarsiato.

Padre Anselmo, ansimante per la salita, si appoggiò dapprima all'acquasantiera di pietra, che stava nell'angolo sotto la finestra, poi infilò una mano nell'apertura della veste, che aveva sul petto, ed estrasse una grossa chiave di color bronzo.

La infilò nella toppa e la girò per due volte verso destra. Prese l'anello che c'era proprio sopra e lo torse su se stesso. Riafferrò la chiave e fece altre due rotazioni.

Aspettò di udire uno schiocco di metalli che battevano, poi spinse il portone e una luce violenta, proveniente dall'interno, lo abbagliò.

Appena la porta fu spalancata apparve il salone della biblioteca storica in tutta la sua estasiante maestosità. Erano almeno cento passi di lunghezza, non meno della metà in larghezza e, il soffitto, a una distanza tale che i libri riposti, negli ultimi scaffali, perdevano le linee di separazione uno dall'altro e anche le tinte dei colori.

Le pareti laterali erano tutte coperte, fino al soffitto, da sculture lignee che alternavano ripiani e capitelli, ante chiuse e ballatoi con le colonne torte.

In alto, gli affreschi raffiguranti scene di santi e martiri, si alternavano a giochi cromatici e una cupola a vetri colorati dava luce al pavimento, decorato da figure geometriche.

«Non è permesso togliere anche un solo volume dal proprio stallo,» sentenziò padre Anselmo con un tono di voce deciso «è vietato aprire le ante di qualsivoglia armadio ed è proibito sfogliare i volumi adagiati sui leggii».

Sebastiano, ancora stordito da quella visione inaspettata, seguitava ad annuire con il capo e non smetteva di frugare con gli occhi tra le migliaia di libri che ricoprivano ogni angolo dell'intera biblioteca.

Nel mezzo c'erano tre tavoli identici che, allineati, coprivano l'intera lunghezza della stanza e si interrompevano sul fondo, solo per lasciare spazio a un leggio in legno, alto più di un uomo, interamente scolpito, sul quale era adagiato un messale trecentesco enorme. Le pagine aperte lasciavano spiccare una scrittura con caratteri miniati di color vermiglio e, all'inizio della prima riga, il capolettera raggiungeva la grandezza di un pugno.

«Quel messale» sentenziò padre Anselmo «risale ai tempi, migliori di quelli odierni, quando i monaci leggevano tutti dallo stesso libro, che stava al centro del coro e la grandezza delle lettere permetteva di seguire i testi, anche alla distanza di quattro o cinque metri». Lo guardò di sottecchi: «E questa è anche la distanza che lei deve mantenere da qualunque di questi volumi conservati qui dentro» e il tono della voce era perentorio, rincarato anche dal dito indice puntato verso il viso di Sebastiano.

Lui, sempre più ammaliato dalla vista di un simile patrimonio, seguitava ad annuire, senza nemmeno ascoltare il senso delle sue parole.

«L'abbandono per un po', Sebastiano, io devo preparare le carte per fratello Antonio e per i monaci restauratori che arriveranno tra poco,» disse voltandosi verso uno sgabuzzino dalla porta angusta «lei si lasci rapire da questo spettacolo e respiri il profumo del sapere, che ognuno di questi volumi sa sprigionare» e sparì.

Sebastiano, assicuratosi che padre Anselmo si fosse allontanato, cominciò a camminare lungo le pareti e a passare in rassegna tutti i libri, gli scaffali e i casellari che a ogni passo incontrava.

Soprattutto si soffermava, avvicinandosi, alle targhe che catalogavano certe serie di libri e anche alle etichette affisse sul dorso di quelli più voluminosi.

Dietro l'ultima fila di scaffali, protetta da un corridoio angusto e quasi buio, c'era un'anta di legno nero, con delle grosse borchie ai quattro angoli, che finivano in altrettanti cardini, fissati nel muro di pietra.

Nel mezzo c'era un grosso chiavistello di ferro scuro e, sotto, un foro molto marcato. Era come una sorta di armadio scavato all'interno della parete, era alto più di un uomo e largo almeno quanto due braccia. In basso, minuscola, c'era una targa di ottone, fissata al legno con tre chiodi.

Sebastiano si inginocchiò, avvicinò gli occhi e, con il palmo della mano, neutralizzò l'unico timido fascio di sole che, dalla vetrata di fronte, andava a riflettersi proprio sull'iscrizione.

Si avvicinò ancora di un palmo e riuscì a leggere: "*Defunctorum monachorum scripta*", "gli scritti dei monaci defunti"!

Sebastiano raggelò. Si alzò. Si guardò intorno. Controllò dall'altra parte dello scaffale, scrutò attraverso i varchi lasciati dai volumi meno alti e, vedendo che nessuno lo stava osservando, allungò la mano verso il chiavistello.

"*Defunctorum monachorum scripta*".

"Qui sicuramente ci sono anche gli scritti di fratello Erasmo," pensò "qui dentro ci sono i segreti della mia vita di cui Erasmo era a conoscenza".

Gliel'aveva assicurato la vecchia chiromante di Argegno e così doveva essere perché, ogni volta, le sue parole, anche se astruse e sibilline, avevano sempre trovato conferma nella realtà.

Provò a tirare il chiavistello, ma non riuscì nemmeno a capire se quell'armadio fosse chiuso o no a chiave. In quello stesso momento udì infatti un rumore di metallo sul pavimento di legno. Si voltò e, dalla parte opposta, comparve padre Anselmo che diede un altro colpo vigoroso di bastone per terra.

«Che cosa sta facendo?» sbottò.

Sebastiano si ritrasse e lo fissò spaventato, senza riuscire a proferire parola.

«Si allontani da quella porta!» gridò invece padre Anselmo e, con la stessa determinazione, aggiunse: «Lì dentro non ci sono gli scritti di fratello Erasmo!» e, per raddrizzarsi, in modo da rendere ancor più perentorie le sue parole, si aggrappò a un canterano di legno tirato lucido.

«Non sono mai stati lì e lì nessuno può metterci le mani» seguitò con un tono di voce quasi rabbioso.

Non gli toglieva gli occhi di dosso e non smetteva di battere nervosamente il bastone sul pavimento.

«Ma io non avevo nessuna intenzione» provò a scusarsi Sebastiano «io, lo giuro, non volevo aprire quel catenaccio…».

Cominciò a balbettare e, cercando di reggere il suo sguardo accigliato, continuò: «Perché mi accusa di questo, padre Anselmo?».

La risposta fu di quelle che Sebastiano non si sarebbe mai aspettato.

«Perché io so chi sei, Sebastiano Diotallevi. So chi sei e so che cosa sei venuto a cercare in monastero!».

Sebastiano sbiancò. Rimase qualche attimo paralizzato, poi balbettò: «Padre Anselmo, ma se lei conosce il mio nome e anche il motivo che mi ha spinto fin qui, lei saprà anche...».

«Io so soltanto che lei deve lasciare immediatamente questa biblioteca,» lo interruppe con tono greve «se ne vada da qui e torni nella sua stanza» gli ordinò. Poi, per lo sforzo fatto, cominciò ad ansimare.

«Riceverà disposizioni dopo che avrò parlato con il reverendo abate» aggiunse e andò ad accasciarsi su una sedia di pelle nera, a ridosso dello scrittoio principale.

Sebastiano capì che non era il caso di aggiungere altro. Si voltò a capo chino, raggiunse la porta d'uscita e ridiscese lo scalone che portava al chiostro del Pozzo Bianco.

Undici

Sebastiano non aspettò di ricevere le comunicazioni dell'abate Bernardo.

Si fermò sulla soglia della porta del Serpente e, appena vide uscire il vecchio bibliotecario, preceduto dal picchiettio del bastone sul pavimento, gli andò incontro.

«Padre Anselmo» gli disse con tono implorante, ma senza nemmeno ardire di incrociare il suo sguardo «le chiedo di perdonarmi per quel gesto che potrebbe esserle sembrato un tentativo di disobbedienza».

«Tale è stato e non altro» fu la risposta secca e risentita «e in un monastero il peccato più grave è proprio la disobbedienza alle regole».

«Ma se lei avesse la bontà di indicarmi...».

«Le ho già indicato quello che avrebbe dovuto fare, essere già nella sua stanza e invece lei persevera nel non obbedire».

A quel punto Sebastiano gli si aggrappò alla mano che teneva appoggiata sul petto e lo implorò: «Padre Anselmo, la scongiuro, ho bisogno di parlare con lei» e lo guardò negli occhi implorante. Poi, vedendo il suo sguardo farsi meno severo, proseguì: «Padre Anselmo, ho un peso sull'anima che mi affligge da anni e le chiedo la bontà di ascoltarmi anche soltanto per pochi minuti».

Lui, con ancora in volto i segni della delusione per il tentativo di aprire l'armadio proibito della biblioteca, si lasciò comunque intenerire, fece un passo indietro e gli appoggiò la punta del bastone sulla spalla.

«So qual è il suo tormento, Sebastiano,» gli disse abbozzando persino un sorriso «l'aspetterò qui, domani, subito dopo il mattutino» e se ne andò.

Sebastiano si ritirò nella propria stanza e quella sera, benché stesse per iniziare la quinta, dopo quattro notti pressoché insonni, fece comunque fatica ad addormentarsi. L'idea che appena sveglio si sarebbe incontrato con padre Anselmo, la paura di non ricevere da lui le risposte che andava cercando, o peggio ancora il terrore di non sentire il suono delle campane, lo tennero sveglio fino al rintocco della mezzanotte e, anche nelle ore successive, riuscì a malapena a sonnecchiare, tra continui risvegli e improvvisi sussulti.

Padre Anselmo, terminato il Mattutino, non salì alla porta del Serpente, ma si fermò all'inizio della scala che conduceva alla biblioteca.

«Sebastiano, se quello che lei cerca da me è una confessione» gli disse guardando il primo dei sette gradini delle sette rampe «possiamo risparmiarci questa fatica e tornare in chiesa. Se invece...» ma vedendo che Sebastiano non sapeva né che cosa rispondere e nemmeno che espressione del volto assumere, sollevò leggermente la veste dalle scarpe e salì verso la porta del Serpente.

Entrarono nella biblioteca senza proferire altre parole, poi padre Anselmo aprì l'ingresso del laboratorio dei monaci restauratori e lo fece accomodare su una cassapanca malconcia, di quelle che stavano lì da chissà quanto tempo, senza che nessuno avesse trovato il tempo, tra un volume del Quattrocento e un arazzo sfilacciato, di rimettere in sesto anche lei.

Padre Anselmo si mise su una sedia altrettanto sgangherata e tenendo gli occhi chiusi appoggiò il mento sull'impugnatura del bastone, che teneva davanti al petto.

Sebastiano, che dapprima si muoveva titubante per la tensione, adesso, trovandosi seduto davanti al monaco bibliotecario che, solo a guardarlo da lontano incuteva rispetto e venerazione, cominciò addirittura a tremare e la tensione gli bloccò ogni tentativo di pronunciare una qualsiasi parola.

«Mi ha chiesto di incontrarla,» disse padre Anselmo «se vuole, sono qui! E sono pronto ad ascoltare ogni sua domanda».

«È che io non posso ancora perdonarmi di aver osato avvicinarmi ai libri della biblioteca, benché lei mi avesse detto chiaramente che a nessuno era permesso toccare quei volumi...».

Ma affastellò quella frase in maniera così artefatta e pasticciata, che il monaco gli ripeté le stesse parole pronunciate il giorno precedente.

«Sebastiano» gli sussurrò «non so chi l'abbia mandata qui, ma io so per certo che cosa lei sta andando a cercare dentro questa abbazia».

A quel punto Sebastiano, facendosi forza e trattenendo a fatica i singhiozzi balbettò: «Padre Anselmo io non ho mai conosciuto il mio vero padre e la mia vera madre. Nessuno ha voluto o saputo dirmi chi sono e se sono in vita. Ho ancora stampati nella mente i tanti anni trascorsi in orfanotrofio. L'idea che i miei genitori mi abbiano rifiutato e abbandonato in un istituto mi fa ancora soffrire. Ho provato per anni a indagare su di loro, ma nessuno ha voluto svelarmi il nome e il volto dei miei genitori» e scoppiò in lacrime.

«Sono arrivato qui perché una donna del Lago di Como, una di quelle maghe che la gente crede dotate di poteri soprannaturali, mi ha raccontato che qui dentro viveva un monaco, tal fratello Erasmo, originario della provincia di Como, che sapeva tutto sulla mia famiglia. Scoprire ora che quell'unica persona che avrebbe potuto aiutarmi se ne è andata già da cinque anni, mi ha talmente disorientato che ho passato quattro notti a vagare dentro il monastero, cercando un quaderno o un diario, o qualunque cosa di fratello Erasmo, per scoprire chi sono i miei genitori. Anche ieri, qui nella biblioteca, quando ho visto l'armadio con scritto "*Monachorum defunctorum scripta*", non ho resistito alla curiosità di provare a vedere se, per caso, proprio dietro quella porta, ci fosse qualcosa di suo».

Seguitava a parlare, ed era come un fiume in piena, a volte strozzando la voce con i singhiozzi, a volte ansimando per la tensione.

«La prego padre Anselmo, se lei sa qualche cosa di mio padre e di mia madre, se lei dovesse essere a conoscenza di dove sono gli scritti di fratello Erasmo, mi aiuti per favore. Ho dentro di me il profondo e irrefrenabile desiderio di sapere chi sono i miei genitori e se sono ancora vivi».

Padre Anselmo lo interruppe. Gli prese le mani tra le sue, si schiarì la voce per la commozione e con toni e parole inaspettatamente confidenziali gli disse: «Figliolo, sei nel luogo giusto per sapere chi sono tua madre e tuo padre. Pochi giorni prima di morire, fratello Erasmo ha voluto che io leggessi i suoi diari e in quegli scritti è contenuto anche il nome dei genitori che da tempo vai cercando. Non so perché fratello Erasmo abbia scelto di affidare a me le sue memorie, ma di sicuro è stato guidato da chi, oggi, ha portato te da me. Asciugati quelle lacrime Sebastiano» e gli appoggiò una mano sulla spalla, per cercare di rasserenarlo.

Si alzò e gli ripeté: «Smetti di piangere Sebastiano! Dio ti ha accompagnato nel posto giusto e ha scelto me, suo umile servo, per condurti alla scoperta di chi ti ha donato la vita». Poi, riprendendo un parlare più distaccato aggiunse: «Mi aspetti. Vado nella mia cella e torno subito».

Padre Anselmo, lasciandosi sfuggire una smorfia, per il dolore alla schiena che da tempo lo affliggeva, uscì dalla stanza dei monaci restauratori.

Sebastiano rimase seduto sulla cassapanca, come immobilizzato, stordito, con lo sguardo perso nel vuoto. Aveva fatto bene ad ascoltare le vecchia strega di Argegno, aveva fatto bene a chiedere l'intercessione del conte per entrare nell'abbazia di Altavigna. Presto avrebbe scoperto il nome dei suoi genitori e forse anche il perché l'avevano abbandonato. Forse erano addirittura persone già conosciute in qualche occasione, pur senza rendersene conto. Forse abitavano ancora a Como, o in un paese del lago. Forse avrebbe potuto, prima o poi, incontrarli.

Aveva addosso una tensione e un'ansia che gli impedirono di starsene seduto dentro quella stanza. Uscì e cominciò a camminare avanti e indietro tra le scansie della biblioteca.

Dopo una mezz'ora udì i passi di padre Anselmo salire lentamente le sette rampe e andò ad aspettarlo alla porta del Serpente.

«Torni immediatamente nella stanza dei monaci restauratori,» gli intimò appena se lo trovò davanti «su, faccia presto, che nessuno la deve vedere qui!».

Sebastiano lo precedette e andò a risedersi sulla cassapanca, dalla quale non avrebbe dovuto alzarsi.

Appena padre Anselmo entrò, estrasse da sotto l'abito una sacca di stoffa color sabbia.

«Questa l'ho conservata nella mia cella dal giorno in cui è morto fratello Erasmo» poi guardò l'orologio a pendolo affisso al muro e aggiunse: «Aspettiamo che suoni la campana dell'Ora Prima» e si raccolse, come in preghiera, bisbigliando delle parole incomprensibili, ma tenendo le mani giunte appoggiate alle labbra.

«Sono stato per anni il confessore di fratello Erasmo» disse con il viso che gli si andava sempre più rattristando: «Io, non so se per grazia di Dio, o per castigo, sono l'unico monaco che ha conosciuto la sua vita e i suoi segreti. Ho raccolto ogni sua confidenza, persino tutti i suoi turbamenti e li ho sempre conservati nel mio cuore, senza mai confidarli a nessuno».

Alzò lo sguardo verso gli occhi di Sebastiano e proseguì: «Dovrei continuare a farlo, ma la sto osservando da giorni e vedo che la sua anima è in pena, Sebastiano. Le sue sofferenze e le sue vane ricerche sono per me uno strazio».

Si tracciò un segno di croce sul petto incurvandosi ancora di più e aggiunse: «Non mi resta molto da vivere, Sebastiano, e Dio sarà così benevolo da perdonarmi per quello che sto facendo».

Attese i rintocchi che chiamavano i monaci in chiesa, poi aspettò un'altra manciata di minuti per essere certo che tutti i confratelli fossero in basilica per la liturgia delle Ore e si avviò verso la biblioteca.

«Mi segua» disse, e Sebastiano, con le gambe tremanti, gli andò appresso.

Proprio sul fondo c'era un enorme crocefisso di legno intarsiato e, accanto, un prezioso quadro del Giorgione, raffigurante una Madonna con il bambino.

Padre Anselmo si avvicinò e fece cenno a Sebastiano di raggiungerlo. Lui gli si accostò e fu invitato ad appoggiare la mano destra sui piedi del Cristo crocefisso e quella sinistra sull'effigie della Vergine.

C'era un silenzio assoluto. Dalla cupola entravano i primissimi, tenui bagliori dell'alba e, lontano, si udiva una soave musica d'organo, con le voci dei monaci che cantavano i salmi.

Padre Anselmo appoggiò entrambe le mani sulla testa di Sebastiano, aspettò qualche attimo con il respiro che gli si faceva pesante, poi scandì con tono solenne e severo: «Sebastiano Diotallevi, giurate solennemente davanti al cospetto di Cristo crocefisso e della Vergine Maria, che non riferirete niente a nessuno di quanto sta scritto su queste carte?».

«Lo giuro padre Anselmo!» sussurrò Sebastiano.

«Giurate davanti a *Dio castigatore* e agli *Angeli sterminatori*, che non rivelerete a nessuno l'esistenza di queste carte dentro il monastero di Altavigna?».

«Lo giuro padre Anselmo!».

«Giurate davanti a Dio, padrone della vostra vita e padrone della vostra morte, che non modificherete l'esistenza vostra o di altre persone, dopo aver letto quanto qui sta scritto?».

«Lo giuro padre Anselmo!».

A quel punto, il vecchio bibliotecario prese la borsa, sciolse il cordone che la teneva legata e chiuse gli occhi, come immerso in un tumulto di pensieri che lo stavano angustiando.

«*Crux sancta sit tibi lux*» mormorò: «Che la croce santa sia la tua luce» e unì le mani sul petto, chiudendo strette le palpebre.

Tirò un lungo sospiro, come se si stesse liberando da un peso che lo aveva oppresso per troppi anni, poi con gesto deciso e lo sguardo puntato dritto negli occhi di Sebastiano, aprì la sacca.

Dentro c'erano sette quaderni, di colore nero, tenuti insieme da grossi elastici.

«Sebastiano, ora le è permesso di leggerli,» disse mostrandoglieli «qui ci sono gli scritti di fratello Erasmo che lei è venuto a cercare. Su questi fogli troverà svelata la vita di suo padre Alfio Peduzzi e di sua madre Alice Lanfranconi».

«Ma padre Anselmo,» lo interruppe ansimando «padre Anselmo, io non mi chiamo Peduzzi e neppure Lanfranconi, il mio nome è Sebastiano Diotallevi, come è possibile che io abbia un padre e una madre con quei cognomi?».

«Sebastiano! Sebastiano! Quanta fretta ha di capire! Io sto compiendo l'imperdonabile peccato di svelarle i segreti che mi sono stati confidati da fratello Erasmo. Le affido le memorie che lui mi ha lasciato, perché penso sia giusto che lei scopra il senso, l'origine e forse anche il futuro della sua vita. Ma non abbia fretta. Non abbia fretta di capire. Lasci che la sua mente si acquieti e lasci che sia il cuore a guidarla».

Poi con volto rasserenato e quasi con un sorriso paterno consegnò la borsa a Sebastiano aggiungendo: «Li legga questa notte nella sua stanza, senza che nessuno la veda e senza che nessuno sappia. Ma, prima, si ricordi di chiedere a Dio che la assista nella scoperta della verità. E mi raccomando, domani torni da me a quest'ora e me li riporti. Avrò anche altre cose da raccontarle».

Non aggiunse altro e si incamminò verso il locale dei restauratori, scrollando la testa e sorreggendo con il bastone un continuo barcollare sulle gambe malferme.

Sebastiano strinse sotto braccio la sacca contenente i diari di fratello Erasmo e andò verso la propria stanza.

Dodici

Sebastiano appoggiò la sacca sul letto e sciolse il laccio. Dentro, il quaderno più sottile era, all'apparenza, anche quello più recente. Lo aprì e, proprio nella prima pagina, stava scritto: "Che Dio, Padre misericordioso, perdoni le mie imperdonabili colpe". Il testo di tutto quel foglio, e anche di quelli seguenti, aveva una grafia malferma. Sul finale di ogni riga, comparivano addirittura delle sbavature e, qua e là, delle chiazze di un colore grigiastro, come se l'inchiostro si fosse disperso, per effetto di schizzi d'acqua o forse di lacrime.

Scorse le pagine e, quando arrivò verso il fondo, comparve una data, vergata in modo ancor più stentato: 27 marzo, o forse maggio e l'anno invece era ben leggibile: 1975. Quelle erano le ultime parole scritte da fratello Erasmo sul suo diario personale.

Nel foglio successivo, con un'altra grafia e un inchiostro di colore diverso, c'era infatti tracciata una croce e, in maniera molto chiara e ferma, la frase: "*Requiescant in pace*".

Poco sotto, con caratteri perfettamente leggibili, c'era la firma: "padre Anselmo Federici O.S.B.".

Dalla parte opposta c'era la data: 30 marzo 1975 e, nello spazio restante, una colata di ceralacca rossa, con un timbro circolare: "*Historica biblioteca Altavigna monasterium Ordo Sancti Benedicti*".

Quello era il marchio di padre Anselmo e stava proprio sull'ultimo scritto di fratello Erasmo, prima della morte.

Sebastiano, ansioso di sciogliere l'enigma di quelle parole, ma soprattutto desideroso di sapere se in quei sette quaderni ci fosse anche qualche accenno o riferimento a suo padre Alfio, si sdraiò sul letto e iniziò a guardare un altro quaderno.

A differenza di quello appena visto, era stilato con mano decisamente più ferma, aveva caratteri più piccoli e le righe tra loro più ravvicinate. Scorse di fretta, ma non trovò traccia. Nel secondo volume, facendolo passare velocemente tra le dita, notò tutt'altri nomi, Basilio, per esempio e poi Fausto, Aleandro, ma il nome Alfio no. Ne sfogliò un altro, ma comparvero Lodovico, Franco, Elvira, Filiberto… ma Alfio nemmeno lì.

Nel terzo, però, proprio verso la metà, trovò il nome che mai si sarebbe aspettato di leggere. C'era il suo. C'era scritto Sebastiano.

Rabbrividì. Chiuse i sette libri nella sacca e si abbandonò sul letto impaurito.

Non volle più guardare e si lasciò andare ai più inquietanti pensieri. Ma più rifletteva e cercava di immaginare perché fosse stato citato dentro quei diari, più la mente gli si ingarbugliava di fantasmi e paure.

Era calata la notte sul monastero di Altavigna e in quel momento ebbe la certezza che il velo di misteri sulla sua vita, si stava squarciando.

Se lì c'era il suo nome, da qualche parte dovevano per forza esserci anche quello di suo padre e di sua madre, bastava cercarli con più calma e con più attenzione.

Era ancora immerso in un incontenibile turbinio di pensieri, quando, improvvisamente, dalla parte opposta del parco degli Abati sentì gridare.

Era come un'invocazione, che diventava poi un lamento e uno strillo straziante. Un continuo gemere strozzato.

Sebastiano corse alla finestra e vide le luci delle celle della clausura accendersi tutte, una a una e notò anche delle ombre muoversi nei corridoi. Di lì a un attimo intravide delle fiaccole tra le colonnine del chiostro del Pozzo Bianco e altre salire e scendere le scale che portavano alla clausura.

I gemiti intanto non si fermavano. Anzi, parevano intensificarsi e diventare più strazianti.

Con la stessa celerità con la quale si erano accese, le luci delle celle si spensero una dopo l'altra fino a quando ne rimase visibile una soltanto, proprio al centro dell'edificio. Al di là dei vetri si intravedevano anche delle ombre muoversi e altre, in numero più consistente, spostarsi nel corridoio verso il lato che portava allo scalone d'uscita.

D'improvviso, dal chiostro del Tiglio vide uscire un monaco che correva e attraversava di fretta il parco degli Abati. Lo seguì con lo sguardo, fino a quando raggiunse la foresteria e, a quel punto, sentì un affrettato rumore di chiavi, unito al cigolio della serratura della porta principale.

Di lì a un attimo, la sagoma scura tornò a correre verso il chiostro del Dragone e si diresse verso l'ingresso della chiesa.

Sebastiano, nascosta la sacca sotto il materasso del letto, uscì dalla stanza sbigottito e, ignaro di quanto stesse succedendo, non poté fare altro che dirigersi anche lui verso la basilica.

Ci arrivò proprio mentre, trascinandosi a fatica, stava entrando fratello Norberto.

«Che cosa è successo?» domandò Sebastiano sconvolto.

«Padre Anselmo!» farfugliò in lacrime: «Sta morendo padre Anselmo» e, alzando gli occhi al cielo aggiunse: «Che Dio accolga la sua anima nella gloria dei santi».

Poi scrollò la testa e, asciugandosi le lacrime, continuò: «E che le sue urla di dolore giungano al cospetto di Dio, per la salvezza dei reprobi» poi non disse altro e raggiunse gli altri monaci negli stalli.

Fece appena in tempo a prendere tra le mani il breviario e una musica d'organo inondò la chiesa, poi i canti dei monaci accompagnarono per ore la straziante agonia di padre Anselmo.

Erano tutti lì a vegliare e a pregare. Gli unici scranni vuoti erano quelli dell'abate Bernardo e di altri tre monaci: l'infermiere Sergio, l'erborista Feliciano e l'aiuto bibliotecario Antonio, rimasti nella cella per assistere padre Anselmo nel tormentato e sofferente trapasso.

La basilica, illuminata da poche candele e offuscata da un greve fumo d'incenso, risuonò di canti e suppliche per tutta la notte.

Verso le quattro del mattino, le voci dei monaci vennero sommerse dal suono della campana grande. Furono sette colpi lenti, distanziati. Poi altri sette. E altri sette ancora. Al primo di quei rintocchi tutti tacquero, alzandosi in piedi. Si chinarono con la testa fino a toccare il leggio dello scranno e rimasero così, immobili e in silenzio fino a quando si attutì anche l'eco dell'ultimo rintocco. A quel punto, i monaci si avviarono in processione verso la stanza di padre Anselmo.

Ognuno reggeva in mano un lume acceso e i riflessi rischiaravano volti bagnati di pianto e occhi religiosamente rasserenati.

Procedevano lenti, come un fiume di luce che ondeggiava nella notte. D'improvviso, sulle parole del salmo 110, il monaco cantore intonò: «*Dixit dominus Domino meo, sede a dextris meis*» e, a una sola voce, tutti gli altri risposero: «*Donec ponam inimicos tuos, scabellum pedum tuorum*».

Il cantilenare delle loro voci riecheggiava sotto le volte dei chiostri e andava a perdersi negli echi che ritornavano dai cortili bui e freddi del monastero.

Il vecchio monaco bibliotecario se n'era andato così, proprio in quella notte. Sebastiano, rimasto solo nella chiesa che profumava d'incenso e fumo di fiaccole, se ne tornò nella sua stanza e si ritrovò di nuovo tra le mani la sacca contenente il segreto avuto in dono proprio da padre Anselmo.

Non ebbe il coraggio di riaprirla. La rimise al suo posto e tornò ad affacciarsi alla finestra, per osservare quel che avveniva al di là del parco degli Abati, oltre i vetri della clausura.

Il corteo di monaci raggiunse il primo piano e tutto il corridoio, da cima a fondo, si illuminò, mentre i canti seguitavano a riempire i silenzi tutt'intorno.

Nella stanza di padre Anselmo c'erano soltanto l'abate Bernardo in piedi sul lato destro del letto e fratello Antonio sulla sinistra.

I monaci entrarono nella stanza e ognuno si fermava, per qualche attimo in preghiera, davanti al corpo senza vita del vecchio bibliotecario. C'era chi gli posava una mano sulla fronte, chi si chinava per baciargli le mani, qualcuno gli sussurrava parole, altri si asciugavano lacrime dal viso e tutti, prima di tornarsene nella propria cella, disegnavano, con il pollice della mano destra, una minuscola croce sulla fronte, sulla bocca e sul petto del confratello defunto.

Quando tutti ebbero terminato di rendere omaggio alla salma di padre Anselmo, ritornarono in preghiera nella basilica, mentre quattro monaci salirono le scale, recando in spalla una bara di legno chiaro.

Stavano suonando le prime campane del Mattutino e anche Sebastiano si preparò per tornare in chiesa. Quando arrivò, trovò i monaci già tutti nei loro scranni e il sacrestano che stava sistemando un enorme tappeto rosso, davanti all'altare maggiore. Aveva già aperto il messale nero per la liturgia dei defunti e si apprestava ad accendere i due candelabri di bronzo che stavano ai lati.

Trascorsero un paio d'ore di canti e orazioni funebri, poi tutti i monaci uscirono e si radunarono sotto le volte del chiostro del Tiglio.

Attesero che dallo scalone della clausura scendesse il feretro di padre Anselmo, sorretto da sei monaci, poi il maestro cerimoniere intonò: «*In paradisum deducant te angeli*».

A quel punto, muovendosi lentamente verso l'ingresso della basilica tutti risposero: «*In tuo adventu suscipiant te martyres et perducant te in civitatem sanctam, Jerusalem*».

Proprio su quel "*In civitatem sanctam*", si spalancò la porta principale della chiesa e il lungo corteo nero, rilucente di lanterne accese, entrò in basilica.

Davanti c'era l'abate Bernardo che reggeva una croce di legno scura, alle sue spalle i monaci più anziani, poi gli altri confratelli.

Da ultimo, distanziata di qualche passo, c'era la bara aperta di padre Anselmo e, appena dietro, fratello Antonio con tre novizi. Il primo teneva in mano il più antico volume delle Sacre Scritture, conservato nella sua biblioteca, il secondo reggeva la sua cocolla nera, ormai smunta e sdrucita dai tanti anni in monastero, e il terzo il libro delle Ore monastiche, che Anselmo aveva sfogliato fino al giorno precedente.

Adagiarono la bara per terra, al centro del tappeto rosso, davanti a lui posarono le Scritture, l'abito, il breviario e per lunghi, interminabili minuti tutti tacquero con il capo leggermente chino e gli occhi sul corpo di padre Anselmo.

Era di un bianco cereo, con le rughe del viso distese. Aveva il volto sereno, quasi atteggiato a un sorriso e, sulla bocca, si notava soltanto una leggerissima smorfia, quasi impercettibile, conseguenza del tanto soffrire nelle ore della sua dipartita. Le mani scarne erano incrociate sul petto, con le dita che si intrecciavano a una corona di legno di ulivo chiaro.

Per tutto quel giorno e anche il giorno successivo la bara aperta di padre Anselmo restò adagiata su quel tappeto.

Tredici

In quei giorni, davanti al corpo senza più vita di padre Anselmo Federici, Sebastiano tornò anche a rimuginare su una domanda alla quale, da quando aveva messo piede nell'abbazia di Altavigna, non era ancora riuscito a dare una risposta.

Aveva provato più volte, ma era stato inutile. Se l'era posta con sfumature, formulazioni e approcci ogni volta differenti, ma nella sostanza era sempre stata quella. Da giorni, insomma, andava chiedendosi a che cosa servissero i monaci, rinchiusi tra le mura di un monastero, isolato tra le colline della Val d'Orcia.

Anzi la domanda ancora più profonda non era: "A che cosa servono?" ma piuttosto e più profondamente: "A chi?". Sì! "A chi servono questi cinquanta monaci?" si domandò Sebastiano.

Era un interrogativo rimasto ogni volta senza una spiegazione e, la fine dell'esistenza terrena di padre Anselmo, l'aveva fatto ritornare in modo ancor più drastico e impellente.

La risposta gli arrivò il giorno dei funerali, quando l'abate pronunciò la sua orazione funebre.

La chiesa era gremita. Nella parte riservata ai fedeli, separata da un'enorme cancellata in ferro battuto, tutta riccioli e colonnini torniti, c'erano alcuni parenti di padre Anselmo arrivati da Asti, c'erano molte persone del paese di Altavigna, qualcuno anche proveniente da Montalcino, da Rocca d'Orcia, da Castiglione, da Pienza e persino dalla città di Siena. Per l'occasione erano giunti al monastero anche l'abate di Farneta con due monaci, quello di San Fabiano e il priore di Camaldoli.

Il portone d'ingresso venne aperto solo quando tutti i monaci furono al loro posto negli scranni, i ceri lungo la navata principale accesi e i quattro turiboli al fianco della bara già fumanti.

I lenti rintocchi del campanile, alle 10 in punto, diedero avvio al rito funebre, secondo l'antico cerimoniale dell'abbazia, che da secoli si andava ripetendo sempre identico ogni volta che la comunità veniva colpita da un lutto.

«Fratelli, davanti alle spoglie mortali di Anselmo Federici, monaco e sacerdote, la nostra mente torni alla ricerca del senso più profondo del nostro vivere e del significato più vero del nostro morire» disse l'abate Bernardo, iniziando la sua orazione funebre: «Che cosa mai è il breve soffio della nostra misera vita terrena, di fronte all'immensa eternità della morte? Che cosa è l'uomo di fronte a questo mistero?».

La gente lo ascoltava incantata, come ogni volta che capitava di poter assistere a un sermone dell'abate Bernardo Bobbio.

«L'uomo stolto si affanna ogni giorno a riempire la vita di azioni, di persone, di conoscenze, di gratificazioni, di successi e ciascuno di questi affanni, volta per volta, dà un senso a un pezzo del tempo che gli è dato di vivere. In realtà, per gli stolti, la vita, se non ci fossero tutte e ciascuna di queste cose, un senso non ce l'avrebbe. O meglio, lo stolto non riuscirebbe a darglielo».

Fece qualche attimo di silenzio poi fissò il feretro adagiato per terra e proseguì: «Guardate il corpo del nostro fratello Anselmo senza più vita, ponete i vostri occhi nel suo sguardo senza più luce e riflettete sul perché della vita e sul perché della morte. Fratelli ci sono uomini che si illudono di aver trovato un senso alla vita, ma non l'hanno trovato alla morte. Ci sono uomini che invocano la morte e detestano la vita. Altri che amano la vita e temono la morte. E ci sono uomini che un significato alla vita non l'hanno trovato, proprio perché esiste la morte. Fratelli, noi siamo chiamati a dare un senso sia alla vita, sia alla morte, perché morte e vita sono le due facce dell'identico vivere. E padre Anselmo Federici, monaco e sacerdote, un senso al suo vivere l'ha trovato».

Succedeva raramente che fosse l'abate in persona a prendere la parola durante una cerimonia pubblica e ciò rendeva il suo discorso ancor più autorevole.

«Fratelli, nessuno di noi che vive in questo monastero possiede dei beni materiali. A nessuno succede di essere elogiato per quello che fa. Nessuno trae gratificazione dalle opere benefiche che la nostra comunità compie. Nessuno sogna che il domani possa essere diverso dall'oggi. Nessuno si aspetta di conoscere qualcuno di nuovo. Nessuno pensa alla propria affermazione personale. Nessuno è alla ricerca di ricchezze da accumulare».

E pronunciava quei "nessuno", calcando la voce, e assumendo un tono perentorio, come fosse un ordine per i confratelli e quasi volesse sottolineare che a nessuno, proprio a nessuno di loro, era permesso di agire in modo diverso.

«Eppure» proseguì «nemmeno a noi è permesso di vivere senza aver compreso e condiviso il significato del nostro esistere prima che la morte, come un ladro nella notte, venga e ci sorprenda. La morte non può e non deve coglierci prima di aver trovato un senso alla vita».

Nessuno fiatava. Tutti gli occhi erano rivolti verso l'abate che di tanto in tanto puntava l'indice verso gli scranni dei monaci, altre volte verso il corpo di Anselmo, altre verso la gente al di là della cancellata e altre ancora verso la maestosa sobrietà della cupola della basilica.

«Non sono le azioni che l'uomo compie, la misura del valore del suo vivere. Non sono le mete che raggiunge, il metro per giudicare la sua virtù. Non sono i successi di cui si gloria, il parametro del suo talento. Non è ciò che appare della sua vita, il senso della sua esistenza».

Mai l'abate Bernardo era stato così chiaro e perentorio nei suoi sermoni.

«Oh uomo stolto e destinato alla morte! Ricordati che il valore della vita va cercato al di là di quello che fai e che possiedi. Perché tutto quello che hai e che fai è soltanto *il contenuto* della vita, non *il senso*. Oh uomo stolto e destinato alla morte! Ricordati che dovrai saper essere felice, anche se ti dovessero mancare tutte le cose e tutte le persone che oggi ti stanno rendendo felice. Solo quel giorno avrai trovato il significato vero e autentico dell'esistere».

Ancora solo e soltanto silenzio.

«Padre Anselmo Federici, nel suo vivere nel nascondimento e nella solitudine della nostra biblioteca, ha capito e ha insegnato a quelli di voi che ancora non l'hanno compreso, il senso del suo essere monaco. Il senso del nostro essere monaci è indicare a quelli che ancora la stanno cercando, la strada per trovare il valore autentico della propria vita! I giorni della sua esistenza dimostrano che un significato alla vita esiste, a prescindere dalle tante e troppe cose di cui è solitamente piena la vita degli uomini».

Fece un lungo respiro, come a volersi risollevare dalla fatica delle tante e sofferte parole, poi, come era sua consuetudine fare al termine di ogni predica, alzò il braccio destro, lo distese verso il cielo e, con la mano aperta, concluse con voce ancor più possente:

«Guardate questo monaco! Guardatelo!» tuonò: «Anselmo ha vissuto la pienezza del suo esistere e ha raggiunto la vera felicità, senza avere nulla di ciò che possedete voi e seguitate, stolti, a credere che possa darvi la felicità vera».

«*Nihil morte certium*» chiosò con tono severo, poi, con quel "Niente è più certo della morte", che ancora risuonava nella navata, tornò nel proprio scranno e più nessun'altra parola venne pronunciata.

Sebastiano ripensò alle parole dell'abate e vi trovò una risposta ai suoi perché sul senso della vita dei monaci, ma soprattutto finì con l'interrogarsi anche sul significato della sua e soprattutto del mondo, nel quale viveva.

Si lasciò immergere nella pace che aveva pervaso la basilica e, mai come quella volta, si ritrovò ad ascoltare il silenzio.

Taceva ogni voce, tacevano i ricordi, tacevano i pensieri e tutto ciò che era stato. Taceva la memoria di una vita intrisa di chiasso e rumore. Tacevano la fretta e il correre della città. Tacevano le ansie e le preoccupazioni del vivere. Tacevano i rimorsi del passato e la paura del futuro.

In quel momento, nemmeno il domani con le sue incertezze e i suoi misteri, riusciva ad avere voce. Sparì addirittura l'ansia per quanto stava scritto nelle memorie di fratello Erasmo e che ancora non aveva avuto il coraggio di leggere.

Era il momento di un addio e mai serenità e pace erano state così presenti.

Trascorsero altri minuti, senza che nessuno osasse fiatare, poi le note dell'organo fecero alzare tutti in piedi e i canti dei monaci si levarono per l'ultima supplica.

L'abate prese il primo turibolo fumante e incensò il feretro di padre Anselmo, girandogli intorno per tre volte. Lo stesso fece con il secondo, con il terzo e anche con il quarto, sempre con gli stessi e identici movimenti.

Al termine, la gente venne fatta uscire dalla chiesa. Il luciferario spalancò la cancellata di ferro, andò a chiudere la porta principale che dava sull'esterno e sei monaci raggiunsero la navata centrale, proprio sotto la cupola.

Si misero in cerchio attorno a una grande lapide, con scritto: "Spoglie dei monaci benedettini dell'abbazia di Altavigna" e, appena giunse il cenno dell'abate, la sollevarono con delle grosse corde.

Dal livello del pavimento della chiesa partiva una scala di sasso che scendeva per almeno tre metri e sotto, in un cunicolo lungo fino alla porta d'ingresso, c'erano i loculi, qualcuno con un'iscrizione, altri ancora vuoti.

Due monaci sigillarono la bara di padre Anselmo, poi in sei la sollevarono e scesero nella cripta accompagnati dal canto del "*Te Deum*".

Gli altri, con le mani sollevate al cielo, seguirono con lo sguardo l'ultimo corteo che restituiva alla terra le spoglie mortali di padre Anselmo.

Appena la bara sparì alla loro vista, lasciarono gli scranni del coro e ciascuno, ripetendo: «*Pulvis es et in pulverem reverteris*» tornò in clausura.

Il campanile suonava i dodici rintocchi del mezzogiorno.

Anche Sebastiano si ritirò nella propria stanza e subito il suo primo pensiero fu per i sette diari di memorie che padre Anselmo gli aveva consegnato.

L'incontro con il monaco bibliotecario, proprio la sera prima della sua morte, aveva dell'inquietante, era come se un disegno, o un destino, o forse addirittura una mano divina, avesse guidato la scelta e i tempi di padre Anselmo.

Sebastiano tolse la sacca da sotto il materasso, ma non volle iniziare a sfogliare quelle pagine. La giornata in abbazia era troppo frammentata dal continuo alternarsi tra preghiera e lavoro e quel costante interrompersi dell'attività manuale per dedicarsi al canto dei salmi in chiesa, gli lasciava dei ritagli di tempo troppo sacrificati, o comunque non sufficienti per leggere con calma e continuità quelle memorie.

Seguitò per tutto il pomeriggio a vivere secondo i ritmi abituali del monastero poi, alle 22 in punto, quando l'ultima campana diede inizio al grande silenzio della notte, Sebastiano si chiuse nella sua stanza, prese la sacca e andò allo scrittoio che stava nell'angolo sotto la finestra.

Accese la piccola lampada e aprì il primo quaderno.

Cominciò a leggere e si ritrovò in un mondo sconosciuto.

Quattordici

Nel piccolo paese di San Fedele Intelvi, collocato nel mezzo dell'omonima valle, la famiglia del capomastro Basilio Peduzzi era l'ultima rappresentanza di una stirpe di muratori.

Il Basilio, venuto al mondo la notte di capodanno del 1895, negli anni riuscì ad avviare una sua carpenteria edile che diede da lavorare a lui, alla sua famiglia e anche a tutti i cugini e nipoti imparentati con i Peduzzi.

«L'unico sbaglio della tua vita è quello scapestrato di tuo figlio Alfio» gli disse un giorno lo zio Augusto, che di figli invece ne aveva tirati grandi tre, ma tutti con la testa a posto e la voglia di lavorare.

Alfio Peduzzi, figlio del capomastro Basilio, aveva cominciato a dare pensieri a mamma Lina già all'età di otto anni.

L'irrequietezza del carattere, la spavalderia dei modi di fare, ma soprattutto certe reazioni furiose come risposta alle sacrosante richieste dei genitori, fecero persino dire al prevosto di San Fedele che quel bambino era posseduto dal demonio e andava portato a Como per farlo benedire.

Il Basilio e la Lina non accettarono mai di farlo, vuoi perché lui non era un gran frequentatore di candele e incensi dentro le chiese, vuoi perché lei non intendeva rassegnarsi all'idea che suo figlio fosse davvero un indemoniato. Piuttosto, certi giorni la madre con le buone, certi altri il padre con modi più drastici e coercitivi, cercarono in tutte le maniere di raddrizzare quell'unica pianta storta cresciuta nella stirpe dei Peduzzi di San Fedele Intelvi.

«Questo bambino non è fatto per lo studio» seguitava a ripetere la maestra Clelia, ogni volta che la madre cercava, o si illudeva, di avere buone notizie almeno dalla scuola.

«I libri non fanno per lui,» diceva rassegnata «sarebbe meglio che gli trovaste un lavoro, in fondo, non tutti i bambini devono diventare dottori!».

I Peduzzi, per onore della famiglia, non vollero mai togliere quel figlio dalla scuola, ma cercarono in tutti i modi, leciti e meno leciti, di ingraziarsi la vecchia maestra Clelia.

E fu così che, a furia di uova, salami e anche qualche bottiglia di buon vino rosso, le cinque classi delle elementari, in sei anni, il piccolo Alfio riuscì a concluderle.

O meglio, a dar retta a certi voti sull'ultima pagella, ci sarebbe stato bisogno di un settimo, ma la maestra chiuse un occhio, vuoi per i tanti doni avuti dalla famiglia Peduzzi, vuoi per togliersi di torno il più indisciplinato e indisponente dei suoi allievi.

Il piccolo Alfio non migliorò con il passare degli anni, anzi proprio in quelli immediatamente successivi alla licenza elementare, venne più volte redarguito e, alla fine, addirittura cacciato in malo modo, dalla sezione dei Giovani Balilla di San Fedele: «L'ordine e la disciplina prima di tutto» sentenziò un giorno tal Alberio Valperla che di ragazzi in paese ne aveva raddrizzati e istruiti parecchi e, quando il Basilio provò a dirgli che toccava proprio a lui inculcare ai ragazzi le virtù che fanno diventare uomini, la risposta fu di quelle senza scampo: «Le piante cresciute storte in casa, non si raddrizzano di certo fuori casa».

Del resto, il Basilio, che subito dopo la scuola aveva cominciato a portarsi il figlio in cantiere per provare a insegnargli almeno un lavoro, ben presto decise anche lui di togliersi dai piedi quell'insolente di un figlio.

Era tale infatti la rabbia nel vederlo così disinteressato a ogni attività, che, per non rischiare di mettergli le mani addosso almeno tre volte al giorno, preferì che fosse qualcun altro a farlo.

«Pensateci voi a questa mia disgrazia,» disse al Pancrazio lattoniere «stategli dietro e se merita anche qualche calcio nel sedere non fateglielo mancare!».

Il fatto, però, che andò a segnare indelebilmente la vita di Alfio e anche quella di tutta la sua famiglia, accadde in un freddo pomeriggio di febbraio del 1936, in un paese poco distante, Schignano, durante la festa del Carnevale.

Alfio, diciassette anni appena compiuti, quella mattina, anziché raggiungere il cantiere, come faceva tutti i giorni seppur svogliatamente, imboccò tutt'altra strada e si incamminò verso il paese di Schignano.

Il Basilio non si era mai sognato di portare il figlio al Carnevale e non era per una qualsivoglia avversione a quella storica manifestazione, seguita e apprezzata in tutta la valle, quanto per il fatto che il capo dei mascherai, tal Filiberto Lanfranconi, una decina di anni prima aveva avuto un alterco proprio con il Basilio per via della ristrutturazione della sua casa, a suo dire «costata troppo e con i lavori fatti pure male».

Mai offesa fu tanto imperdonabile. Il Basilio non ne volle più sapere di incontrare il Filiberto e così fu cancellata, per lui e per tutta la sua famiglia, qualunque altra partecipazione al Carnevale di Schignano.

Il piccolo Alfio e anche la madre Lina, negli anni successivi, dovettero così accontentarsi di vivere il Carnevale, ascoltando i commenti e i pettegolezzi dei compagni di scuola e delle donne del paese.

«Quest'anno ci vado anch'io a Schignano! E ci vado da solo» si disse quel giorno il giovane Alfio e, benché per raggiungere il paese a piedi, da San Fedele, ci volessero anche un paio d'ore di cammino, si avviò comunque, deciso ad andare finalmente a divertirsi, come facevano tutti i ragazzi della valle.

Arrivò a Schignano quando il campanile della chiesa segnava le 11.30 e tutta la gente era immersa negli ultimi preparativi per la festa del martedì grasso: il corteo storico delle maschere nel pomeriggio e il rogo del *Carlisèpp* alla sera.

Lungo le vie era un continuo andirivieni di uomini indaffarati a sistemare banchetti con dolciumi fatti in casa dalle donne e prodotti tipici della zona, portati in gran quantità dai contadini, scesi apposta dagli alpeggi per l'occasione. Nelle case le donne erano tutte intente ad agghindare di pizzi e colori sgargianti quelli che avrebbero sfilato con il costume dei cosiddetti Belli e dalle stalle si udivano già i campanacci di quelli che erano pronti a presentarsi vestiti da Brutti.

Belli e Brutti erano le due maschere caratteristiche del Carnevale di Schignano. I primi, impersonificavano i ricchi, i possidenti e anche le forze del bene, vestivano abiti colorati, di nobile fattura e avevano cappelli di piume di pavone e pance rigonfie a dismisura, per ostentare l'opulenza e il benessere.

Gli altri, i Brutti, erano il simbolo della povera gente, della miseria e anche del male. Si muovevano con modi sgraziati, rozzi e avevano abiti di sacco, sporchi e rattoppati, con scarpe di cartone e cappelli di paglia.

Sia Belli che Brutti avevano i volti nascosti dietro maschere di legno, più raffinate e armoniose gli uni, nere e sgraziate gli altri, comunque per entrambi scolpite dai maestri mascherai del paese.

All'Alfio non sembrava vero di essere lì. Aveva sempre sentito parlare del Carnevale di Schignano, sapeva che arrivava gente da tutti i paesi circostanti, sapeva che si faceva festa e ci si divertiva, ma mai e poi mai si sarebbe immaginato di trovarsi di fronte a tanto movimento e allegria.

Camminava estasiato per i vicoli del borgo e, a ogni angolo di casa, vedeva sgusciare qualcuno mascherato che correva, cantava e si inventava burle.

Gli passò davanti anche un signore molto alto, vestito di colori sgargianti, che teneva legata una povera donna con la faccia dipinta di nero e i vestiti, strappati, dello stesso colore.

«*Ul Mascarùn e la sua Ciòcia*» sentì gridare in direzione proprio di quei due.

«*Bravu Mascarùn, bravu. Pìcala la Ciòcia*», dicevano gli uomini dalle finestre e lui con una sorta di frustino la malmenava.

«*Scapa Ciòcia, scapa Ciòcia da quel farabùt d'un Mascarùn*» la incitavano invece le donne, ridendo a crepapelle.

L'Alfio, trovandosi nel mezzo, ma soprattutto non sapendo chi fossero quei due in litigio perenne, se ne guardò bene dal tifare per l'uno o per l'altra e si limitò a ridere e a sbracciarsi in segno di festa. Più tardi scoprì che cosa rappresentavano quelle due maschere, così divertenti. Lui era il signorotto del paese, ricco e autoritario, che teneva in soggezione la moglie, trattandola come una serva. Lei, relegata sempre in casa ad accudire soltanto alle faccende domestiche, si sfogava gridando alle donne di non sposarsi mai e di stare alla larga dagli uomini.

Sospinto dalla folla che si spostava lungo le strette vie del paese, l'Alfio si ritrovò, senza nemmeno volerlo, nella piazza principale. Era anche quella già tutta piena di gente con una marea di Belli e di Brutti che si infastidivano a vicenda, urlando, cantando e tirandosi addosso ogni cosa capitasse loro tra le mani, fossero pelli di conigli morti, stracci raccattati per strada, o frasche di alberi di pino rinsecchite.

In mezzo a tutta quella bolgia urlante spiccavano due omoni vestiti con delle pelli di pecora giallognole, il volto dipinto di nero e una lunga barba bianca. Li sentiva chiamare i *Sapeur*, ma non seppe mai di chi si trattasse, o chi volessero rappresentare. Lo stesso per un signore magro, smilzo con in testa un cappello di tipo militare e una mantella grigioverde che chiamavano *Sigurtà*.

Quando nel bel mezzo della piazza gli si presentò invece un tizio agghindato da fantoccio, con un lenzuolo girato intorno ai fianchi, una casacca di iuta sporca e un cappellaccio di paglia in testa, gli fu subito spiegato che quello era il *Carlisèpp* e che la notte sarebbe stato bruciato sul rogo come buon auspicio, per scacciare tutte le malesorti, i pericoli e le sventure che si sarebbero potute abbattere sul paese.

L'Alfio non stava più nella pelle e cominciò anche lui a correre, a saltare, a fare schiamazzi, come mai aveva potuto fare. Non solo, per non essere da meno degli altri del paese, iniziò anche ad agghindarsi con qualunque cosa trovasse per terra o fuori dalle case.

Ormai aveva capito che qualunque straccio poteva andare bene per intrufolarsi tra le maschere. C'era infatti chi aveva una sedia in testa e fingeva di lanciarla agli astanti. Altri che portavano in grembo sacche piene di foglie marce e puzzolenti che poi buttavano addosso soprattutto a quelli vestiti meglio e più altezzosi nel portamento. Qualcuno correva con dei carretti sgangherati, altri agitavano bastoni o rastrelli e tutti avevano addosso campanacci di mucca che facevano un gran chiasso.

L'Alfio, trascinato da una folla festante, si ritrovò sul bordo della piazza e lì adocchiò un chioschetto dove c'era un pentolone enorme di rame, dal quale uscivano un gran fumo e un odore di vino bollito con le spezie.

Non ci pensò un solo istante. Si avvicinò e si portò via un gran bicchiere fumante, insieme a delle castagne secche.

Non si era mai divertito così tanto in vita sua e cominciò a maledire quel musone di suo padre, ma soprattutto quel pretenzioso e mai contento di un Filiberto Lanfranconi che, litigando con la sua famiglia, gli aveva impedito per tutti quegli anni di divertirsi al Carnevale di Schignano.

Si rintanò sul gradino di una vecchia casa ai bordi della piazza e cominciò a mangiare castagne e a bere vino caldo, tra baldoria, musiche e schiamazzi.

Da lì vedeva passare tutti. Ed era una fiumana di gente urlante, dove Belli e Brutti, uomini e donne, vecchi e giovani si confondevano tra loro e nessuno si riconosceva, per via di quelle grosse maschere di legno scolpite, che davano a tutti un aspetto misterioso e inquietante.

Se ne stava lì a bearsi di quello spettacolo inatteso, quando gli si avvicinò una maschera che doveva essere di ragazza o di donna molto giovane. Portava una gonnellina rossa con un grembiule di pizzo bianco e ben stirato. Appena sotto spiccava una calzamaglia azzurra, che faceva risaltare delle gambe esili e dei piedi chiusi dentro due leziosi zoccoli lavorati. Sopra aveva una camicetta a fiorellini azzurri, attillata, coperta da una giacca di fustagno dello stesso color blu del cappellino, ricamato con ornamenti gialli.

Il volto era coperto da una maschera di legno lavorata e lucida, con un naso pronunciato e due piccolissimi fori sugli occhi. Si avvicinò e gli si fermò davanti.

Era una donna dalla corporatura graziosa, ma dal volto misterioso. Alfio rimase ad ammirarla e non trovò di meglio, per togliersi di impaccio, che offrile delle castagne secche.

La giovane allungò la mano, le prese e finse di scappare via.

Non lo fece, però. Dopo pochi passi tornò indietro e si sedette proprio accanto all'Alfio.

«Avete capito chi sono?» si sentì dire, con una voce squillante, ma artefatta dalla maschera sul viso.

«E come potrei? Agghindata come siete!» rispose.

Alfio si sentì prendere la mano e si lasciò trascinare nei balli e nella bolgia della piazza.

«Ma chi siete?» provò a domandarle.

«A Carnevale nessuno può sapere chi sta dietro alle maschere» fu la risposta e la ragazza cominciò a correre tra la gente, a saltare e a lanciare i mazzolini di fiori secchi che teneva nella sporta.

«Ma dove mi portate?» insistette l'Alfio.

«A ballare! Oggi si fa festa e chi non vuol ballare brucia insieme al *Carlisèpp*».

L'Alfio si lasciò trascinare dalla foga e con lei si perse nella folla, tra musiche, sberleffi e suoni di campanacci.

Quindici

Sul limitare della piazza, dove la gente era meno chiassosa e la ressa meno soffocante, l'Alfio tirò in disparte la misteriosa donna e la bloccò tra un banchetto di dolciumi e la scala di sasso di una vecchia casa.

«Adesso voglio sapere chi siete!» le disse prendendole la maschera. Lei, però, con uno sberleffo si divincolò e cominciò a correre dalla parte opposta. E più lei scappava e più lui la rincorreva. Più lui tentava di afferrarla e più lei sfuggiva alla sua presa.

Delle volte le mani di Alfio riuscivano a trattenerla per un braccio e altrettante lei svicolava. Lui le si piazzava davanti, provando a trattenerla, ma lei, ugualmente, con grande agilità, sgusciava via sogghignando divertita. Era un gioco che stava appassionando entrambi e seguitarono così fino a quando i trombettieri annunciarono l'inizio della sfilata e tutta le gente si ammassò ai lati della piazza.

A quel punto, i due, quasi fossero guidati dalla stessa decisione, imboccarono insieme un vicolo stretto, tutto sassi sul selciato e pietre ruvide sui muri delle case. Camminarono per un po' senza dirsi nulla, di tanto in tanto guardandosi e delle volte sfiorandosi per via del restringimento della strada. Il viottolo andava dalla parte opposta della piazza e più camminavano e più si diradavano le voci e la gente.

Ben presto si ritrovarono in un piccolo slargo, con un pozzo nel mezzo, due case diroccate, un fienile con il tetto sfondato e, di fronte, un vecchio ovile abbandonato.

«Fermiamoci» disse lei, con il respiro che le si era fatto affannoso per il troppo correre, e andò a sedersi sugli scalini del pozzo. Lui le si mise accanto.

«Adesso però toglietevi questa maledetta maschera!» la implorò.

«Ma davvero non avete ancora capito chi sono?» domandò lei.

Appena lui si avvicinò per levargliela, lei lo cinse al collo con un braccio e abbassò il viso sul suo petto. Con l'altra mano si tolse la maschera e lo baciò tra i capelli.

«Alice! Ma sei tu Alice!» sussurrò pieno di sorpresa. Poi non riuscirono a dirsi altro, perché lei lo abbracciò e, mentre la maschera rotolava sul selciato, cominciarono ad accarezzarsi, a stringersi e a sentire l'uno il respiro dell'altro.

Alice era la figlia di Filiberto Lanfranconi, il capo dei mascherai, ma, soprattutto, temuto gerarca di Schignano: uno degli uomini più facoltosi e potenti della valle. Discendente di una famiglia molto benestante di Argegno, era proprietario di tre locande, tutte ben frequentate, una proprio ad Argegno, l'altra a San Fedele Intelvi e una terza a Colonno. Uomo di partito piuttosto considerato dal Federale di Como, si era messo in società anche con un paio di imprenditori comaschi, titolari di aziende tessili ben avviate e qualcuno mormorava persino che trafficasse con la Svizzera, tramite dei contrabbandieri di Brienno.

Sarà stato per il suo alto tenore di vita, o per gli addentellati che aveva con il partito, o forse soltanto per gli interessi che sapeva muovere nell'ombra, sta di fatto che il Lanfranconi era uno degli uomini più temuti della valle. Carattere scontroso e autoritario, in passato gli era successo più di una volta di venire anche alle mani con qualcuno che aveva osato mettersi di traverso ai suoi affari e da allora nessuno, proprio nessuno, si era mai più azzardato a entrare in discussione con lui, nemmeno il prevosto di Schignano che pure di autorevolezza sul suo gregge ne aveva da vendere.

Alice, la sua unica figlia di diciassette anni appena compiuti, aveva conosciuto il piccolo Alfio alcuni anni prima e l'occasione erano stati proprio i lavori di ristrutturazione della sua casa di Schignano, quelli che avevano scatenato il litigio tra le due famiglie.

Quell'incontro era ancora vivo nei ricordi dei due ragazzi, perché lei, quel giorno, gli aveva preparato un tè con i biscotti fatti in casa dalla mamma e lui si era messo a raccontarle tutte le monellerie compiute negli anni della scuola.

Adesso però erano diventati grandi. Alice si era fatta ormai donna e Alfio aveva assunto dei toni e degli atteggiamenti da uomo vissuto, che lo facevano sembrare ben più grande della sua età.

In quel pomeriggio freddo di febbraio, con il Carnevale che schiamazzava poco distante, sarà stata la spavalderia del carattere, o forse anche l'effetto del bicchiere di vino caldo, sta di fatto che Alfio prese Alice per una mano e se la trascinò verso l'ingresso sgangherato dell'ovile dismesso che c'era di fronte.

Aprì la porta con una spallata ed entrò. Lei non ebbe nemmeno il tempo di rendersi conto di quello che stava succedendo, che si ritrovò a rotolare con lui sul fieno.

Il vestito della sfilata, tutto colori e pizzi, finì contro il muro scrostato della mangiatoia e l'Alfio cominciò a toccarla e a baciarla su tutto il corpo.

«Mi piaci Alice. Mi piaci tutta e ti voglio adesso» e mentre lei cercava di trattenere quella furia di passione, esplosa all'improvviso, durante quello che per lei doveva essere soltanto un innocente gioco di Carnevale, lui si spogliò e non se la lasciò più sfuggire.

«Ma Alfio che fai? La mamma dice che non si può. Bisogna che prima...».

Ma lui non la lasciò più parlare. Le serrò la bocca con la sua e da quel momento furono solo gemiti.

Lei non tentò più di fuggire, ma gli si avvinghiò alle spalle.

«Mi piaci Alfio, mi piaci anche tu!» poi furono soltanto sospiri, sussurri affannati e il gioco di Carnevale li lasciò stremati dalla passione, riversi uno accanto all'altra, ansimanti.

«Alfio non andare più via!» gli sussurrò lei, con i biondi capelli arruffati che le coprivano il viso. Lui, però, si alzò di scatto, perché fuori si udivano come dei rumori e dei parlottii. Si voltò e vide, aggrappati alla finestrella dell'ovile, due occhi sbarrati che li stavano guardando e, probabilmente, li avevano osservati da tempo. Afferrò un forcone che c'era appoggiato al muro, raggiunse la porta ma, appena uscì, vide l'ombra di un vecchio che scappava, trascinandosi una gamba storta e con al fianco un altro, tutto ingobbito e sbilenco.

«Maledetti guardoni!» imprecò e tornò a sdraiarsi sulla paglia calda.

Alice che si era già rimessa addosso i vestiti, tremava ed era impallidita in volto.

Gli si aggrappò al collo, singhiozzando.

«Alfio, ma adesso che cosa succede?» balbettò.

«Ma che cosa vuoi che succeda Alice? Nulla! Prima eravamo dei ragazzini, adesso siamo diventati grandi!».

Lei gli sorrise e se lo strinse al petto.

«Domani scappo ancora e vengo a riprenderti!».

«No, Alfio, sono così stordita, non so! Forse dobbiamo aspettare. La mamma mi ha detto...».

«Ah le mamme, le mamme! Sei grande Alice! E io adesso so che sono capace di essere un uomo!» e si rizzò in piedi orgoglioso e tronfio.

«Ma quei due uomini che ci hanno visto?» domandò lei preoccupata.

«Quelli ormai guardano e basta! Non ti preoccupare non ci conoscono!».

«Voglio tornare a casa, Alfio. Tu fermati qui. Vado da sola. Non vorrei che altri ci vedessero insieme. Se qualcuno dovesse parlare con i miei genitori...».

E, rimettendosi a posto la gonna stropicciata, scappò fuori dirigendosi di fretta verso la piazza.

Alfio si sistemò i capelli, si strinse la cintola dei pantaloni e se ne andò dalla parte opposta verso il limitare del paese.

Il giorno successivo Alfio tornò a Schignano, girò per ore lungo le vie del paese, ma incontrò soltanto vecchi che rassettavano le strade dopo i bagordi del Carnevale e donne attempate che stendevano al sole i vestiti sgargianti della sfilata: di Alice nessuna traccia.

Sedici

La sera del giorno seguente, i Peduzzi si erano appena seduti per la cena, quando improvvisamente, da sotto, si udì bussare forte alla porta.

Colpi decisi, violenti. Il Basilio balzò in piedi per andare alla finestra e lo stesso stava per fare anche l'Alfio.

«Tu stai seduto che ci pensa tuo padre!» gli intimò la madre Lina, ma intanto, alla porta d'ingresso, i colpi si facevano sempre più forti.

«Ma che diamine! Ma che bisogno c'è di fare tutto questo chiasso?» bofonchiò il Basilio e spalancò le imposte.

Si affacciò e sotto gli apparve il Filiberto Lanfranconi che non smetteva di picchiare e aveva pure cominciato a sbraitare parole incomprensibili.

«Arrivo, arrivo,» gli urlò da sopra «arrivo, ma smettetela di pestare in quel modo, che così mi buttate giù la porta!».

Il Basilio si infilò sulle spalle un giaccone di pelle e scese le scale.

Non fece in tempo ad aprire, che il Lanfranconi lo prese per il bavero e lo spinse contro il muro della scala.

«Dov'è quel disgraziato di tuo figlio? Dov'è? Che lo ammazzo!» e fece per scansarlo, per imboccare i gradini delle scale.

Il Basilio lo afferrò per le spalle e lo strattonò di nuovo verso l'uscita.

«Mio figlio non è in casa e, se avete qualcosa da dire a lui, parlate pure con me che sono suo padre!».

Ma il Filiberto seguitava a dimenarsi e a cercare di sfuggire alla presa per salire in casa.

«Per la miseria! Adesso calmatevi!» gli urlò: «Fermo, o altrimenti chiamo i carabinieri».

«I carabinieri se arrivano vi portano via tutti e due. Maledetti voi!» e gridava e si agitava e perdeva persino la saliva dalla bocca.

«Adesso basta!» inveì il Peduzzi: «Ditemi che cosa volete e per che diavolo mi siete piombato in casa in questo modo».

Ma più il Peduzzi cercava di calmarlo e più lui si dimenava e imprecava.

A quel punto, dall'alto delle scale la Lina si affacciò preoccupata: «Oh Madonna! Ma siete impazziti? Vieni via Basilio» lo implorò «caccialo fuori e vieni di sopra, che quello non è più in sé».

Ma il Basilio, preoccupato piuttosto che il Lanfranconi gli potesse sfuggire di mano e salire al piano di sopra, le intimò di tornarsene dentro: «Vai via! Vai via Lina! Torna dentro! E chiudi la porta a chiave!».

Poi riafferrò il Lanfranconi per un braccio e glielo torse fino a fargli talmente male che lui cacciò un urlo e si acquietò.

«Adesso ditemi che cosa volete!» gli ordinò esausto.

Il Lanfranconi, senza più un filo di voce, si accasciò contro il muro.

«Quel maledetto! Quel disgraziato di vostro figlio...» e picchiava i pugni contro la parete e seguitava a scuotere la testa, come in preda a una furia che non riusciva a contenere.

«Sì! Quello sciagurato di un Alfio ha abusato della mia Alice!».

Il Peduzzi sbiancò, spalancò gli occhi inorridito e si ritrovò immobile, senza riuscire a dire una sola parola.

«Sì, l'ha fatto quella bestia!» seguitò il Lanfranconi furente: «Me l'hanno detto il Faustino *stort* e il Carletto *zupìca*. Li hanno visti a Schignano dentro l'ovile del cortile del pozzo. Li hanno proprio visti! Il tuo Alfio sopra la mia bambina».

E nel pronunciare quelle parole, tutta la violenza che aveva in corpo gli si trasformò in un ansimare scomposto.

«Ma non è mica detto...» provò a farfugliare in malo modo il Basilio «su, insomma, non per forza devono aver!... Insomma sono due ragazzini».

E non riusciva proprio a trovare le parole, per escludere il peggio, senza però nominarlo.

«Ecco, voglio dire... Che cosa volete che sappiano fare due così, a quell'età? Si saranno lasciati andare in qualche sbaciucchiamento e qualche...». Il Lanfranconi non lo lasciò finire.

«Dio Santo! Lo giuro su tutti i santi e tutte le Madonne! Giuro che se mi ha messo incinta la mia Alice, ammazzo lui e ammazzo anche voi».

Il Basilio rabbrividì. Non tentò nemmeno di replicare altro e, a quel punto, il mascheraio, furibondo, peggio di quando era arrivato, se ne uscì sbattendo la porta.

«Vi ammazzo tutti e due!» urlò di nuovo, quando ormai era già sulla strada, poi montò sulla sua Balilla nera e se ne andò via.

Il Basilio, asciugandosi il sudore dalla fronte e, cercando di contenere il tremore che gli aveva preso alle gambe, salì le scale ed entrò in casa.

La Lina era accasciata sul letto con la faccia dello stesso colore del lenzuolo. Seguitava a farfugliare parole incomprensibili, ma al vedere il marito, stravolto in viso e con le mani tremanti, lo scongiurò: «Basilio non fargli del male! Basilio, sono solo dei ragazzi, per amor del cielo non combinare tu di peggio» ma non fece nemmeno in tempo a finire di parlare che il Basilio piombò nella stanza dell'Alfio.

Con un colpo da far rimbombare la casa, chiuse la porta, poi si sentirono soltanto imprecazioni, bestemmie e l'Alfio che correva da un lato all'altro della camera strillando.

«Se l'hai messa incinta non aspetto che ti ammazzi il Lanfranconi,» gli urlò, riaprendo la porta e voltandosi verso il figlio, singhiozzante sul pavimento «se l'hai messa incinta ti ammazzo prima io».

E quella sera, in casa Peduzzi, nessuno osò più fiatare.

* * *

Sebastiano chiuse i quaderni di fratello Erasmo sconcertato.

"Ma questa non può essere la mia storia!" pensò: "No, io non posso essere nato così" e il mondo che gli si stava svelando era quanto di più inatteso e sconvolgente avesse mai potuto immaginare.

Un fatto stava soprattutto inquietando Sebastiano.

"Ma perché" pensò "mio padre, o mia madre, o chiunque altro sia stato, ha ritenuto di raccontare la mia storia a un monaco di clausura e non a me? Perché confessare le miserie della mia famiglia proprio a fratello Erasmo, chiuso in un monastero così lontano?".

E, con quell'interrogativo senza risposta, seguitò nella lettura.

Diciassette

Il mese successivo, verso la fine di marzo del 1936, di mattina presto, alla porta di casa Peduzzi bussò il messo comunale di San Fedele Intelvi.

Il Basilio aprì e, prima ancora di poter abbozzare un saluto, o una qualsivoglia domanda, si sentì dire: «Il Podestà vi aspetta in Municipio, questo pomeriggio alle 16. Puntuale. E si raccomanda di venire anche con vostra moglie». Nient'altro. Voltò le spalle e se ne andò.

Gli ordini del Podestà non erano di quelli che si potevano discutere, o peggio ancora prendere sotto gamba e, mezz'ora prima dell'appuntamento, i due Peduzzi erano già davanti al Comune, con il cappotto nero della domenica lui, con la mantella verde della festa lei.

Si fermarono davanti all'ingresso, decisi ad aspettare che il campanile della chiesa segnasse almeno i tre quarti, ma dalla finestra del primo piano si affacciò un uomo che, con un gesto della mano, li invitò a salire subito.

Vennero accompagnati nella sala delle adunanze del partito e, appena entrati, si trovarono davanti non solo il Podestà di San Fedele, Franco Vanini, con al fianco il suo messo comunale, ma anche il Podestà di Schignano, tal Lodovico Brenta, anche lui con il suo funzionario al seguito.

I due Peduzzi non vennero nemmeno invitati a sedersi. Appena furono davanti al bancone, con il cipiglio che gli era consueto, il Vanini prese la parola.

«Signor Peduzzi» disse con tono severo «voi di sicuro siete già a conoscenza del motivo per cui il signor Podestà di Schignano mi ha chiesto di farmi suo tramite per convocarvi qui da me».

Il Basilio e la Lina si guardarono straniti. E ognuno pensò che, se fosse stato per qualche lavoro edile, da realizzare per conto del Comune, non avrebbe avuto senso che ci fosse la moglie, se invece fosse stato per l'organizzazione di qualche attività benefica o sociale, non sarebbe stata necessaria la presenza del marito.

Nessuno dei due osò parlare.

A quel punto il Podestà di Schignano disse, rivolto al Basilio: «Siccome siamo a conoscenza di pesanti litigi e brutali minacce tra voi e il signor Filiberto Lanfranconi, ho già vietato al mio concittadino di uscire per qualsivoglia motivo dal territorio comunale di Schignano e ora proibisco a voi di entrarvi».

Senza nessun'altra pausa, con la stessa solennità prese la parola anche il Podestà di San Fedele.

«Sempre per il medesimo motivo» disse «da questo momento è fatto divieto a voi di lasciare il territorio comunale di San Fedele Intelvi e al gerarca Filiberto Lanfranconi di accedervi». Subito dopo intervenne il messo comunale di San Fedele, che nel frattempo stava trascrivendo, parola per parola, tutto quello che le due autorità dicevano.

«Io, obbedendo alle disposizioni impostemi» disse «farò in modo che questa ordinanza venga rispettata» e si alzò in piedi, dando un colpo di tacchi e rivolgendosi al primo cittadino con la mano dritta sulla fronte. Lo stesso fece il messo di Schignano, che però si risparmiò di ripetere le stesse parole, ma ugualmente balzò in piedi con gli stessi gesti di sudditanza.

«Avete qualcosa da obiettare?» domandò il Vanini al Peduzzi.

Ma a quella domanda il Basilio tacque.

«A noi preme che, come vi ho appena detto, non si compiano crimini,» aggiunse il Vanini «noi dobbiamo solo garantire l'ordine pubblico. Nient'altro. Da oggi voi e il Lanfranconi non dovrete più incontravi in alcun modo. Questo è un ordine!».

E fece cenno ai due Peduzzi che era giunto il momento di guadagnare l'uscita.

I due Podestà si alzarono e, a quel punto, i vigili accompagnarono i coniugi alla porta.

Nei giorni a seguire, nessuno, né il Basilio, né il Filiberto, ebbe il coraggio di violare l'ordine dei due Podestà e ognuno restò dentro i confini del proprio paese. Non solo: le due famiglie, terrorizzate da una simile presa di posizione, vietarono persino ai due figli di uscire di casa.

Trascorsero però poche settimane e, una mattina di inizio aprile, a un'ora inconsueta, prima ancora che il sole spuntasse dietro le montagne al di là del lago, la Balilla nera del gerarca Lanfranconi sbucò dal cortile di casa e si diresse spedita verso la strada che portava a monte.

Dentro, nascosta da una coperta color verdone, buttata sul sedile posteriore, c'era la giovane Alice, sdraiata, con la testa tra le braccia incrociate.

L'auto, evitando la strada principale e insinuandosi nei vicoli più defilati, imboccò la via che si inerpicava verso il paese di Erbonne. Lì, insieme a poche decine di altre persone, viveva il Fausto, fratello maggiore del Lanfranconi. Allevava asini, polli e conigli, portava al pascolo le vacche e coltivava ortaggi che poi vendeva al mercato.

Il Filiberto arrivò fin sotto il portico che stava sul retro della casa e fece scendere Alice di gran fretta.

«E non dire una parola, che con lo zio parlo io» le intimò, mentre bussava alla porta.

Si presentarono sia il Fausto, sia la moglie Elsa, ma non ebbero nemmeno il tempo di salutare, perché il Filiberto li scansò dall'uscio e tirandosi appresso la figlia sbraitò: «Alice deve restare da voi per un po' di mesi».

L'iniziale sconcerto sulle facce degli zii si trasformò subito in sbalordimento, perché il Filiberto aggiunse: «Vostra nipote è incinta! Maledetto quel mascalzone e pure sua madre che l'ha lasciata uscire di casa da sola».

Il Fausto e la Elsa restarono senza parole, ma al vedere la furia del Filiberto, presero per mano Alice e gliela tolsero di torno.

«Sì, sì, prendetevela pure,» aggiunse con fare sprezzante «prendetevela pure!» poi rivolgendosi al Fausto ordinò: «Mia figlia dovrà restare in casa tua fino a quando avrà partorito, ma sia chiaro che nessuno deve sapere che è qui, nessuno deve sapere che è incinta e nessuno la deve vedere».

Il Fausto, che nei confronti del fratello aveva sempre mantenuto un rapporto di sottomissione, non poté fare altro che acconsentire e, da quel giorno, fece diventare la sua fattoria, il covo per nascondere una nascita che sarebbe dovuta restare ignota a tutti e che mai, in nessun modo, avrebbe dovuto infangare l'onorabilità della famiglia Lanfranconi.

Il Filiberto rimase a Erbonne fino a sera, standosene seduto da solo in salotto e senza più proferire parola. Appena calato il sole, rimontò in macchina bofonchiando soltanto un saluto tra i denti e se ne ritornò a Schignano. Fece appena in tempo a rimettere la Balilla sotto il portico di casa, che dalla piazza sentì la voce del prevosto che lo chiamava.

«Ma che cosa vi è successo di così grave, signor Filiberto?» gli domandò: «Vi ho visto partire stamattina presto e rientrate ora che è già quasi notte!».

«Ah don Carlo, stavolta c'è proprio bisogno delle vostre preghiere e che il Signore ci assista!».

«Oh Santa Vergine, non fatemi rimanere sulle spine!» gli ribatté: «Che cosa vi è successo di così grave?».

«La mia bambina, don Carlo! La mia Alice. Oh Signore, chi mai se lo sarebbe potuto immaginare!».

«Su non mi faccia spaventare più del dovuto! Che cosa le è successo?» domandò preoccupato.

Il Filiberto scrollò la testa. Si mise le mani nervosamente tra i capelli e si avvicinò al prevosto.

«La mia Alice, don Carlo! Ho dovuto portarla via dal paese. Ieri il dottore l'ha visitata e quel che nessuno poteva immaginare invece è successo».

Si incrociò le mani al petto e proseguì: «Il dottore ha detto che ha preso una brutta polmonite. Brutta davvero. L'ho portata in riviera, a Lerici, da mia cugina. C'è solo da sperare che l'aria del mare le possa far bene. Certo, dovrà stare via parecchio, forse addirittura fino al prossimo inverno, qui sarebbe solo peggiorata».

Gli prese le mani fra le sue, lo ringraziò di tanto interessamento e se ne scappò in casa.

«Ricordatevi di pregare per la mia Alice» gli disse voltandosi, poi sparì.

Diciotto

Caro Alfio,

il mio papà mi ha portato a Erbonne, a casa dello zio Fausto e della zia Elsa.

Era molto arrabbiato con me, ma soprattutto con te.

Stai attento e non farti vedere in giro, perché ho paura che ti faccia qualcosa di male. Io in questa casa sto bene, anche se qui non c'è quasi nessuno e ci sono in giro solo vecchi, però gli zii sono molto carini con me.

Iniziava così la prima lettera di Alice inviata ad Alfio. E terminava:

La mamma ha detto che, dopo quello che è successo all'ovile nel giorno di Carnevale, io avrò un bambino.

Io non so se tu sapevi che sarebbe successo così, ma a me va bene.

I miei genitori hanno detto che quel bambino non lo vogliono, però io lo voglio e sono contenta. Vero che anche a te piace che avremo un bambino nostro?

Ciao Alfio, spero di vederti presto. La zia mi ha detto che posso scriverti quando voglio e lo zio Fausto, quando deve scendere in paese, ti porta le mie lettere. Anche tu, se puoi scrivimi, perché voglio sapere come stai, cosa fai e se non ti sei dimenticato di me.

Alfio io quel giorno non sono riuscita a dirtelo, ma ti voglio bene.

Ti penso sempre, mi piacerebbe abbracciarti ancora come quella volta e sarebbe bello stare sempre con te.

Alice.

Il Fausto Lanfranconi gliel'aveva consegnata di nascosto, sotto casa, ma si era premurato anche di dirgli: «Alfio, io è meglio che non mi faccia più vedere da queste parti, però giù in fondo al paese, all'inizio della strada c'è la chiesetta di Santa Rita. Dietro, c'è un buco nel muro, per via di alcuni sassi mancanti. Le prossime lettere le metterò lì dentro. Tu ogni tanto vai a guardare e se ne hai di tue lasciale lì, che quando passo le prendo e le porto a Erbonne».

Gli picchiò una mano sulla spalla, come si fa tra uomini e aggiunse: «Non preoccuparti per Alice. Su da me è in buone mani e mia moglie non le farà mancare nulla. Stai tranquillo». E scappò via.

Nessuno in paese, né a San Fedele e nemmeno a Schignano, seppe mai di quella gravidanza in arrivo.

Le due famiglie non confidarono a nessuno la vergogna che si era abbattuta su di loro e, anche se i due Podestà non avessero impartito quell'ordine, i Peduzzi e i Lanfranconi se ne guardarono bene dall'incontrarsi nuovamente. Troppo il disonore per entrambi e un'onta inaccettabile per due stirpi stimate e onorate in tutta la valle.

Cara Alice,

mio padre non mi parla più e mia madre mi parla soltanto quando lui non c'è.

Io un giorno sono andato a Schignano di nascosto e sono tornato all'ovile. Sulla paglia ho trovato il tuo braccialetto turchese. Si è rotto in due pezzi e non sono riuscito ad aggiustarlo, perché gli anellini sono troppo stretti. Allora il pezzo più piccolo lo tengo per me, l'altro te lo metto in una busta e te lo mando insieme a questa lettera.

Io non lo so che cosa succederà adesso, prima che avremo un bambino. Però mi piacerebbe poterti incontrare ancora. Quando mio padre andrà via per qualche giorno a lavorare in cantiere, vengo a Erbonne a trovarti. Se il paese è così piccolo ti trovo di sicuro. Anch'io ho voglia di abbracciarti e vedrai che succederà presto.

Ciao.

Alfio

Dovette passare invece tutta l'estate prima che l'Alfio riuscisse a scappare di casa, per andare a Erbonne alla ricerca della sua Alice.

La mattina dell'ultima domenica di settembre, qualche minuto prima che suonasse il mezzogiorno, fece appena in tempo ad arrivare alle prime case del piccolo borgo di Erbonne che il Fausto gli corse incontro con occhi e modi per niente rassicuranti.

«Vai subito dentro in casa che qui nessuno ti deve vedere» gli disse in malo modo e, farfugliando altre parole in un dialetto incomprensibile, lo strattonò verso la porta d'ingresso.

Dentro, ad aspettarlo, c'era la moglie Elsa che, per tranquillizzarlo dopo le maniere così rudi del marito, lo prese quasi sottobraccio e lo fece accomodare in salotto davanti al camino acceso.

«La tua Alice è di sopra che si sta cambiando. È appena tornata dal pollaio con lo zio Fausto» gli disse con un sorriso «e per pranzo hanno portato le uova fresche delle nostre galline».

Non ebbero il tempo per dirsi altro, perché Alice, scese subito dalle scale, tenendosi alla ringhiera. Aveva addosso soltanto una vestaglia larga bianca, con i ricami di pizzo sui bordi, i capelli biondi sciolti sulle spalle e, negli occhi azzurri, uno stupore che mai gli zii le avevano visto.

«Alfio!» gridò e gli corse incontro. I due si abbracciarono e ognuno prese il viso dell'altro tra le mani tremanti.

«Alfio ti ho aspettato tanto in questi mesi» gli sussurrò.

Poi gli portò la mano destra sul pancione: «Lo senti il nostro bambino? Sentilo come è già grande! Ci sono delle notti che si muove. Se ti fermi qui, forse succederà anche questa notte».

La zia Elsa non le lasciò dire altro.

«Alice vatti a vestire che tra poco si mangia e sai che lo zio non vuole che si tardi!».

Aspettò di vederla salire le scale, poi: «Alfio hai fatto un'imprudenza a venire da noi. Ci sono dei giorni che il papà di Alice sale a trovarla e, se ti trova qui, sono guai sia per lei che per te. Non farlo più. Aspetta che nasca il bambino poi, forse, le cose si acquieteranno, si comincerà a ragionare diversamente e di sicuro si troverà il modo perché voi due possiate occuparvi di vostro figlio. Fino ad allora però è meglio che non vi incontriate più».

Alfio si limitò ad annuire e non riuscì a dire nulla. Era come intontito, emozionato dall'incontro con Alice, ma soprattutto stordito dal pensiero di come, di lì a poco, sarebbe cambiata la sua vita.

«Farò come dite, signora Elsa» riuscì a balbettare e, dopo pochi minuti, tornò in casa anche lo zio Fausto, ancora cupo in volto, ma con in mano una bottiglia di vino rosso.

«Prima mangiamo e prima questo giovanotto torna a San Fedele» borbottò e con un gesto nervoso della mano fece cenno di sedersi.

La zia portò in tavola la pasta al sugo di capriolo avanzata la sera precedente, le uova strapazzate e fumanti, appena prese nel pollaio, l'insalata dell'orto già condita e tagliata fine e anche un vasetto di cipolline che lei ogni anno metteva sott'aceto.

«Il signore benedica il cibo che stiamo per prendere e ne dia anche a chi non ne ha» recitò la Elsa facendosi il segno della croce. E il Fausto, dopo il solito «Amen», buttato lì svogliatamente, agguantò la marmitta con la pasta.

«Mangia ragazzo, che mi sembri dimagrito, da quando ti ho visto in paese qualche mese fa» disse e gli riempì il piatto.

«Tu Alice devi mangiare per due» scherzò e diede anche a lei una bella porzione abbondante.

«La zia invece è già fin troppo grassa» ridacchiò, ma dopo un paio di finte, come volesse lasciarla a digiuno, riempì invece anche il suo piatto. Poi, quella rimasta nella marmitta, la rovesciò nel proprio fino a farlo strabordare.

Per sé versò anche un bel bicchiere colmo di vino rosso, poi non disse altro fino a quando la Elsa osò proporre: «Forse non è prudente che lasciamo scendere Alfio da solo fino a San Fedele, sarebbe meglio che lo portassi tu con il furgone, così nessuno lo vede e arriva a casa un po' prima».

«Sì, hai ragione,» borbottò il Fausto dopo essersi scolato il bicchiere e asciugata la bocca con il palmo della mano «finisco di aggiustare la rete della conigliera, prima che quei maledetti mi scappino, poi ti porto io in paese, giovanotto sfaticato!» e gli pizzicò una guancia, quasi a volergli fare dimenticare i modi bruschi con i quali lo aveva accolto.

«Allora avrete anche un po' di tempo per riposarvi sul divano» commentò soddisfatta la Elsa «e magari, chissà mai, potresti sentire tuo figlio muoversi davvero» e sorrisero tutti, mentre la zia si premurava di far scivolare la frittata nei piatti di ciascuno.

«L'insalata e le cipolline, però, ognuno se le serva» disse, ma a quel punto, per non essere da meno nelle cortesie, l'Alfio prese la ciotola e riempì i piatti di tutti.

«Bravo giovanotto! Impara, che quando poi ti sposi le donne si fanno servire» ma sapendo di aver detto una corbelleria, o comunque una cosa che in casa sua, con la Elsa, non era proprio mai successa, si lasciò andare in una crassa risata e si riempì subito un altro bicchiere di rosso.

Per più di un'ora i due ragazzi rimasero seduti da soli sul divano, mentre il Fausto, sotto il portico, aggiustava la rete della conigliera e la zia Elsa, in cucina, rammendava un maglione con i gomiti bucati.

«Quando nasce mi piacerebbe chiamarlo Zeno, come la chiesetta sulla montagna, di fronte a San Fedele» gli sussurrò Alice «e se invece fosse una femmina, Lucia, come la mia nonna».

«Sarà maschio e lo chiameremo Zeno» le disse Alfio e seguitò, con una mano ad accarezzarle il pancione e con l'altra i lunghi capelli abbandonati sulle spalle.

Sul furgone, al ritorno, lo zio Fausto, seppur con toni più mansueti, ripeté all'Alfio le stesse cose dette appena se l'era visto arrivare e aggiunse: «Quando Alice avrà partorito te lo farò sapere io e, appena sarà possibile, non ti preoccupare che ti verrò a prendere» e frenò il camioncino all'ingresso del paese, fermandosi proprio dietro la chiesetta, dove per tante volte aveva nascosto le lettere dei due ragazzi.

«Vai adesso! E stai sereno, Alfio. Stai tranquillo che la tua Alice è in mani sicure e la zia Elsa non le farà mancare nulla!».

Lo fece scendere, poi, invertita di fretta la marcia, tornò a inerpicarsi sulla strada tortuosa e sterrata che portava verso Erbonne.

Diciannove

Era la mattina del 20 novembre e la Elsa corse di gran fretta verso le stalle.

«Fausto, Fausto!» cominciò a chiamare.

Non rispondeva. Si sentiva il rumore del trattore muoversi nei campi, ma più lei urlava e più il trattore seguitava imperterrito ad andare avanti e indietro.

Si tirò su la gonna fino alle ginocchia e, con gran fatica, cominciò ad attraversare le zolle, appena rivoltate. Gridava e si sbracciava: «Fausto, Fausto!».

Lui però continuava a tenere il volante diritto e a guardare la linea del terreno che gli stava davanti.

Per farlo fermare, dovette arrivargli proprio a ridosso, a pochi metri dalle ruote.

A quel punto lui si bloccò e saltò giù spaventato.

«Ma che diavolo è successo per piombare qui in questo modo?» le domandò.

«Corri Fausto! Corri a chiamare la Tina,» gli disse senza più un filo di voce in gola «fai presto che altrimenti partorisce!».

Il Fausto girò il trattore e puntò diritto verso l'ultima casa del paese, ormai sul confine svizzero, dove viveva la Tina levatrice, che era sì stata allertata per l'evento, ma i calcoli davano il giorno del parto spostato in avanti di almeno un altro paio di settimane.

La Elsa ritornò ansimante a casa e trovò l'Alice che strillava per i dolori e sudava, si teneva il pancione e aveva il volto paonazzo.

«Calmati, cara! Stai tranquilla che adesso arriva la Tina e passa tutto!» le ripeteva con una mano posata sulla fronte e l'altra sulla pancia, ma lei seguitava a piangere e a gridare.

Dovettero aspettare un buon dieci minuti per sentire qualcuno salire, poi prima della Tina arrivò la sua voce: «Fate scaldare subito dell'acqua e preparate dei panni caldi» disse dal fondo della scala e, appena arrivò in stanza, l'Alice lanciò un urlo ancor più forte.

La levatrice le si mise di fronte e, poco dopo, la Elsa arrivò con una bacinella di acqua bollente. Tornò a prendere le stoffe e i ritagli di lenzuola puliti, poi si chiuse alle spalle la porta.

Il Fausto, impietrito, seguitava ad andare avanti e indietro nel piccolo corridoio.

E più sentiva gridare e più si agitava e si stringeva le mani sulla testa.

"Mi sono messo in un guaio" pensò "non dovevo accettare di tirarmi in casa questa rogna" e, terrorizzato, cominciò a fantasticare tutte le più terribili sventure che gli si sarebbero potute riversare addosso.

"E se qualcuno dovesse venire a sapere che in casa mia hanno portato una minorenne per farla partorire di nascosto?".

"E se per caso la levatrice dovesse parlare con qualche pettegola del paese?".

"E se il Filiberto dovesse lasciarmi qui il bambino e non farsi più vedere?".

Era sconvolto da orribili paure e non riusciva più a stare fermo.

"E potrebbe anche arrivarmi in casa qualcuno proprio adesso".

A quel pensiero corse al piano di sotto a sprangare la porta con il doppio chiavistello, come faceva di solito soltanto di notte.

"Oh Dio santo! E se per una qualche malaugurata complicazione l'Alice dovesse star male?".

E tornò immediatamente di sopra per verificare, dalle voci, che cosa stesse succedendo. La sentì gridare e udì le parole preoccupate anche della Elsa e della levatrice che, con toni di tanto in tanto anche bruschi, la rimproveravano per il troppo agitarsi.

"E se non dovesse farcela? E se dovesse morire?".

Fu preso da una tale angoscia che andò in cucina e si attaccò alla bottiglia di Sambuca.

Di lì a un attimo la Elsa uscì trafelata dalla stanza e cominciò a chiamare: «Fausto! Dove ti sei cacciato? Madonna santa!».

Lui si scolò il bicchiere in un solo sorso e uscì fuori: «Eccomi, che succede?».

«Vai subito a Schignano da tuo fratello e digli di venire qui! Ma subito!».

Lui si infilò, in un qualche modo, il giaccone di pelle e saltò sul furgone. Aveva iniziato a piovere e il cielo, dalla parte della Svizzera, era sempre più nero.

A mano a mano che scendeva, la pioggia si faceva più fitta e, a seconda dell'aria più fredda che spirava dalle valli, cadeva frammista a fiocchi di neve. Arrivò a Schignano che le strade cominciavano già a imbiancarsi e il timore era che il ritorno verso Erbonne diventasse prima o poi difficoltoso. D'inverno, in quello sperduto paesino in cima alla montagna, succedeva spesso di rimanere isolati per giorni, a volte anche settimane e non si poteva più né salire né scendere.

Il Fausto arrivò sotto casa del fratello e cominciò a suonare, girando già il furgone in direzione del ritorno. Comparve dapprima la moglie Elvira e subito dopo il Filiberto.

Non si dissero nulla. I due capirono che il giorno atteso, o forse meglio, temuto, era arrivato. Lei, con una borsa a tracolla, lui, con uno zaino preparato da giorni, montarono sul furgone.

«Sono partito da Erbonne che l'Alice stava male,» borbottò il Fausto «è già arrivata la levatrice, ma non so che cosa stia succedendo».

Il Filiberto non pareva dare segni di preoccupazione, l'Elvira, invece, visibilmente scossa, seguitava a macinare orazioni, facendo girare tra le mani una corona del rosario.

«Ma non doveva partorire proprio in questi giorni!» disse: «Mancano ancora almeno due settimane» poi, rivolgendosi al marito con tono accusatorio, inveì: «Te l'avevo detto che sarei dovuta andare a Erbonne già dalla scorsa settimana! Che la Madonna protegga la nostra bambina!» e si ingarbugliava sul petto segni di croce mischiati a giaculatorie mormorate sottovoce.

Aveva iniziato a nevicare forte e le strade erano ormai già tutte bianche.

«La mia bambina!» seguitava a lamentarsi l'Elvira: «La mia Alice sta partorendo senza la sua mamma!» e sibilava parole di astio contro il marito, che invece se ne stava impassibile, appoggiato al sedile, con la testa reclinata all'indietro e con le mani incrociate sul panciotto.

«Se va avanti a nevicare così a Erbonne non ci arriviamo» sentenziò nervoso il Fausto che, a ogni curva, era costretto a fare acrobazie con il volante, per riuscire a tenere in strada il furgone.

Con molta fatica e delle volte rischiando anche di andare a sbattere contro qualche albero, o peggio ancora di finire giù dalla scarpata, il Fausto riuscì a entrare in paese.

Non c'era anima viva, solo una cappa di nuvole basse e neve dappertutto. Infilò il furgone sotto il portico e i tre si affrettarono verso la casa.

L'Elvira tremava dall'agitazione e fu la prima a entrare.

«Alice, Alice» furono le sue parole accorate e, subito dopo, il Fausto e il Filiberto le andarono appresso.

Nessuno rispose. C'era un gran silenzio spezzato soltanto dallo scoppiettio della legna nel camino e dal gracchiare dei corvi sotto le grondaie del tetto.

Il Fausto si bloccò dopo pochi passi. Il Filiberto, che per tutto il tragitto non aveva proferito una sola parola e si era messo addosso addirittura un atteggiamento indispettito per quel viaggio anticipato, si lasciò andare in un sospiro che parve addirittura essere di preoccupazione.

L'Elvira, invece, senza nessuna esitazione, si aggrappò alla ringhiera della scala e cominciò a salire.

Non ebbe, però, nemmeno il tempo di superare la prima rampa che in cima apparve la Elsa.

A quel punto, l'Elvira da metà scala, il Filiberto da sotto e il Fausto ancora davanti alla porta, tutti alzarono preoccupati la testa e ognuno cercò di capire, dall'espressione degli occhi, o da una smorfia del viso, che cosa mai fosse successo in quelle ultime ore.

La paura di tutti era che qualcosa fosse andato storto: forse chi doveva nascere non ce l'aveva fatta o forse, addirittura, era l'Alice a non aver retto al parto.

Nessuno fiatò.

In quello stesso momento, però, la Elsa alzò le due mani al cielo e sbottò: «È un maschio Elvira! È nato ed è un maschio».

Di lì a un attimo si udì un vagito e Alice che canticchiava una nenia per tranquillizzarlo.

«È un maschio e sta bene!».

«E la mia Alice?» chiese l'Elvira.

«Anche lei, anche lei! La vostra figliola sapeva che sareste arrivati e vi sta aspettando!».

Il Filiberto si accasciò sulla poltrona di fianco al camino con la testa fra le mani, senza dire nulla.

L'Elvira invece salì di corsa verso la stanza.

Appena entrò, Alice le allungò le braccia: «È nato mamma, è nato!» scoppiò a piangere e i suoi singhiozzi di gioia andarono a sovrapporsi a quelli del bambino, che stava tra le mani della levatrice.

«Mamma guardalo! È bellissimo» e non gli tolse più gli occhi di dosso.

Di lì a poco entrò nella stanza anche il Filiberto. Aveva il viso tirato, gli occhi arrossati. Guardò la figlia, diede un'occhiata al bimbo che piangeva, poi scappò fuori tornando a sedersi accanto al fuoco.

Appena il Fausto gli si avvicinò, lui sbuffò rabbiosamente e riuscì soltanto a dire: «Lasciamoli qui, tu riportami a Schignano».

«Ma Filiberto! Scendere adesso con questa neve è troppo pericoloso. Lasciamo che puliscano le strade!».

«Ti ho detto di riportami a Schignano, maledizione!».

Il fratello non poté che rimettersi alla guida del furgone.

Impiegò il doppio del tempo sia a scendere, sia a salire e, poche ore dopo, le strade divennero impraticabili.

Continuò a nevicare per tutta la settimana successiva, poi per un'altra ancora e il paese restò completamente isolato dalla valle.

Venti

Non era mai successo che nevicasse così tanto in valle. Mai era accaduto che i paesi rimanessero isolati e irraggiungibili per così tanto tempo e il Natale, quell'anno, fu una festa mancata per tutti.

A Erbonne, gli zii e mamma Elvira fecero di tutto per rendere indimenticabile il primo Natale con il piccolo Zeno, ma l'assenza imposta di Alfio e quella voluta di papà Filiberto, rigarono di tristezza e malinconia anche la più bella festa dell'anno.

«Mamma, ma tu pensi che Alfio potrà venire a vivere con noi?» chiese Alice.

La madre, che stava lavando le coste dentro una grossa tinozza colma d'acqua e non sapendo proprio che cosa rispondere, cercò di guadagnare tempo, seguitando il suo lavoro e provando a fingere di non sentire.

«Mamma!» insistette Alice: «Ma l'Alfio potrà fare il papà del nostro bambino e stare sempre con me?».

A quel punto l'Elvira mollò le coste, si asciugò le mani in uno straccio e le si avvicinò.

«Certo Alice! Ma perché ti vengono questi brutti pensieri? Vedrai che presto le cose si acquieteranno».

«Però il papà ha detto che non vuole che Alfio...».

«Il papà grida, grida, ma poi vedrai che capirà. È fatto così tuo padre! Sembra un burbero ma dentro è buono. Presto torneremo a casa e tutto si sistemerà. Adesso tu devi stare vicina a Zeno, devi pensare a farlo crescere e non fargli mancare niente!» e, arruffandole i capelli con la mano, cercò di scacciarle ogni altro triste pensiero.

«Oggi è Natale Alice, è il primo Natale del piccolo Zeno e deve essere una grande festa» le disse.

Di lì a poco, ci pensò lo zio Fausto a riportare davvero l'allegria.

Picchiò tre colpi sulla porta per attirare l'attenzione di chi c'era all'interno, poi entrò baldanzoso in casa, tenendo per il collo il migliore dei suoi capponi.

«Donne, guardate qui che roba! Solo lo zio Fausto sa allevare così i capponi» e lo buttò sul lavello, per dargli l'ultima sciacquata prima di metterlo in pentola.

La zia Elsa era anche lei in cucina che tirava la pasta per fare i pizzoccheri e intanto sulla stufa cuoceva un bel quantitativo di patate.

Improvvisamente si sentì bussare alla porta.

«Vado io, voi state qui!» disse il Fausto.

Scese con un po' di preoccupazione, non immaginando chi mai fosse arrivato proprio in quel momento che aveva in casa due donne di troppo. Aprì, ma si tranquillizzò subito. Era soltanto il vecchio Enrichetto, un boscaiolo rimasto vedovo da anni, che viveva da solo dall'altra parte del paese.

«Ah Enrichetto! Buon Natale!» gli disse: «Purtroppo, però, oggi non vi posso fare entrare, perché la mia Elsa si è presa una brutta influenza, con trentanove di febbre. Vi faccio gli auguri qui, sulla porta, perché non vorrei che vi contagiasse. Anzi, aspettatemi un attimo».

Andò in cantina prese una bottiglia di rosso e gliela mise in mano: «Ecco, bevetela alla nostra salute,» gli disse abbracciandolo «auguri Enrichetto! Dopo le feste, appena mia moglie si sarà rimessa, verremo a trovarvi» e lo congedò.

C'era un'altra persona del paese che era solita passare per fare gli auguri. Era la Santina, la vecchia sarta del paese, ormai con le mani fuori uso e la vista messa sulla stessa strada.

Il Fausto, per prevenirla, prese un vasetto di mele cotogne e gridò alla Elsa: «Vado a fare gli auguri alla Santina, ma torno subito».

I pochi altri abitanti del paese erano tutti amici e confidenti, ma nessuno aveva l'abitudine di presentarsi in casa e fu così che, dopo aver liquidato sia l'Enrichetto che la Santina, il Fausto poté rimettersi a pensare al pranzo di Natale, per le sue tre donne.

Anche a casa dei Peduzzi, a San Fedele, si stava preparando la festa, ma mai Natale fu tanto infelice. L'isolamento di Erbonne e il non sapere più nulla di Alice e del nuovo nato, erano quanto di più angosciante potesse esserci per un ragazzo in attesa di diventare padre, o forse che padre era già diventato.

«Papà, dobbiamo trovare il modo per andare a Erbonne, o comunque per sapere qualcosa di Alice,» borbottò l'Alfio mentre lui tagliava a pezzi il coniglio da far rosolare «io voglio sapere come sta Alice e come sta il bambino. Papà, mi stai ad ascoltare?».

Il padre, che in quella faccenda stava subendo le peggiori ritorsioni e le più subdole minacce da parte del Filiberto Lanfranconi, cominciò a sospirare.

«Alfio ci hai messo in una brutta situazione. I Lanfranconi non ci perdoneranno mai ciò che hai fatto alla loro figlia» aggiunse sconsolato «e adesso è meglio per tutti se stiamo alla larga da quella famiglia. Insomma, dobbiamo lasciare che il tempo faccia calmare la rabbia e il risentimento. Aspettiamo ancora qualche giorno e vedrai che appena avranno liberato la strada, sicuramente il Fausto ci farà sapere qualcosa».

«Ma io voglio andare a vivere con Alice e voglio fare il padre di mio figlio» insistette.

«Alfio ci vuole pazienza. Non bisogna far precipitare le cose. Stiamocene tranquilli per le feste, poi vedremo. In questo ha ragione tua madre quando dice "lasciamo alla Provvidenza il tempo necessario per darci una mano". Abbi fiducia, dobbiamo solo aspettare».

La Lina, che era di sopra a rassettare le camere, sentì il dialogo tra i due e scese per dare manforte al marito, ma non riuscì nemmeno a prendere la parola perché l'Alfio insistette di nuovo: «Io voglio dire a tutti che ho un figlio e voglio dire a tutti che Alice è la mamma del mio bambino».

A quelle parole il padre andò su tutte le furie.

«Non ti permettere nemmeno di pensarla una cosa del genere!» urlò: «Vuoi che il Lanfranconi ci arrivi in casa con il fucile in mano? Ma sei impazzito?».

«Io non ho paura di quello!» rispose rabbioso: «E se ci arriva in casa dovrà vedersela con questo!» e tirò fuori dalla tasca dei pantaloni un falcetto a serramanico. Lo aprì e fece il gesto di tagliargli la gola.

La madre, a quel punto, provò a sedare gli animi e a portare alla ragione entrambi.

«Metti via il coltello, peramordiddio» lo supplicò «stai calmo e ascolta i consigli di tuo padre. In questo momento è meglio per tutti, anche per Alice, che noi stiamo un po' in disparte. Poi vedrai che le cose si aggiusteranno. Nessuno vuole portarti via né l'Alice, né il bambino».

Poi, per cercare di rasserenare gli umori domandò: «Ma che nome darete a questo bambino? L'avrete scelto un nome, spero!».

«Certo. Alice mi ha detto che l'avrebbe chiamato Zeno, se fosse stato un maschio, oppure Lucia nel caso fosse stata una femmina. Ormai sarà nato, solo che io non so nemmeno se ho un figlio che si chiama Zeno, o una figlia di nome Lucia» e riprese a muoversi nervoso.

«Alfio non ti serve a nulla disperarti in questo modo. Tutto sarà andato per il meglio e presto potrai rivedere sia Alice che tuo figlio» intervenne il padre.

E lo invitò ad aiutare la Lina a preparare la tavola per il pranzo di Natale.

A Schignano, Filiberto Lanfranconi si preparava anche lui al suo Natale.

«Se domani siete solo» gli aveva detto il prevosto alla vigilia «venite pure in canonica da me. Io sono solo con la mia perpetua e per il pranzo arriva soltanto il mio povero fratello vedovo. Non fate complimenti che un piatto per voi è sempre pronto».

Il Filiberto però si affrettò a declinare ogni invito, soprattutto uno del genere, arrivato dal curato.

«Grazie don Carlo, grazie!» gli rispose: «Apprezzo il vostro buon cuore, ma domani mattina, parto presto e vado in Liguria per trascorrere il Natale con mia moglie e la mia Alice. Spero tanto che la mia bambina stia meglio, in modo da poterla riportare a casa al più presto».

«Che il Signore esaudisca la vostra preghiera, Filiberto. E mi raccomando quando tornate fatemi sapere come avete trovato Alice. E salutatemi vostra moglie» aggiunse il curato, poi se ne tornò in canonica a prepararsi per la Messa della vigilia.

Lo stimato e temuto gerarca Filiberto Lanfranconi, invece, il suo Natale se lo passò a Como, dentro una di quelle case poco ben viste, sia dai parroci, sia dalle mogli.

In città ce n'erano diversi di quei ritrovi per uomini. Il più rinomato, però, era "Il Dollaro" di via Volpi, poco distante dal Duomo. Il Filiberto decise di andare proprio in quello, perché, il giorno di Natale, con mariti e giovanotti occupati in famiglia per la festa, la casa d'appuntamento sarebbe stata praticamente senza clienti.

Ci arrivò di mattina, posteggiò la sua Balilla nera in una viuzza appartata, poi andò a picchiare alla porta.

Mai giornata fu tanto azzeccata. Quel giorno si trovò, tutte per lui, sia la Sonia, sia la Miriam, sia addirittura la più richiesta del gruppo, quella che tutti chiamavano Stella.

Non se lo dimenticò più quel Natale, il Filiberto.

Tutta una giornata lì dentro, passando, con eguale disinvoltura, dai letti ai salotti, dalle poltrone ai tavoli da gioco. Fino a sera a farsi trastullare amabilmente e a intrattenere con goliardia le signore del Casino.

Per inframmezzare i momenti più esilaranti, il Filiberto si era anche portato delle bottiglie di champagne, scolate tutte entro sera e sparirono anche le enormi tavolette di cioccolato, che i suoi amici contrabbandieri gli avevano procurato.

Ci aveva lasciato un capitale quel giorno di Natale al "Dollaro", ma dispiaceri da dimenticare ce n'erano e il Lanfranconi non se ne pentì mai.

Arrivato a sera, ubriaco e stordito, se ne guardò bene dal rimettersi al volante per ritornare a Schignano, ma prese una stanza all'hotel Tre Re e rimase in città anche per tutto il giorno di Santo Stefano.

Il Natale quell'anno fu davvero una festa mancata. Per tutti.

Ventuno

Alle 5 di mattina del 20 gennaio del 1937, la Balilla del gerarca Filiberto Lanfranconi arrivò a Erbonne. Dormivano ancora tutti in casa del fratello Fausto.

Lui diede due colpi secchi alla porta e, appena si vide comparire davanti il Fausto in pigiama, con gli occhi sconvolti dal sonno e dalla sorpresa, gli diede uno strattone e salì le scale. Non disse nulla. Spalancò la porta della stanza e si avvicinò come una furia alla culla.

Alice si svegliò di soprassalto e, al vedere la sagoma di un uomo con le mani su suo figlio, diede un urlo.

«Aiuto, aiuto!» e balzò dal letto. Si lanciò contro quell'ombra indistinta e l'afferrò per i fianchi.

A quel punto la Elsa arrivò nella stanza e accese subito la luce.

«Che cosa state facendo Filiberto?» sbottò spaventata e Alice continuò a gridare e a implorare.

«Non toccare il mio Zeno! Il mio Zeno no!» ma più lei si dimenava e gridava e più suo padre la strattonava dall'altra parte.

Di lì a un attimo comparve anche l'Elvira che, al vedere il marito accanirsi così sulla figlia, cominciò a urlare: «Filiberto per la misericordia! Filiberto che cosa stai facendo?» e provò a prenderlo per un braccio. Anche lei, però, venne spintonata e cacciata lontana e intanto Alice seguitava a implorare: «Non toccare il mio bambino. Vattene! Lascia stare il mio Zeno!» ma il padre, sputando invettive, non si fermò.

«Questo bambino non sarebbe mai dovuto nascere» ringhiò furioso e, afferrandolo tra le mani, lo avvolse nella coperta che c'era dentro la culla.

«E che nessuno fiati perché fate tutti la stessa fine» sentenziò e scappò via.

Nessuno riuscì a fermarlo. Nessuno riuscì a frapporsi a quella furia. Nessuno osò rispondere alle minacce.

E così, il Filiberto, con il piccolo Zeno che strillava tra le braccia, scese le scale e uscì di casa imprecando.

Montò sulla Balilla, appoggiò il fagotto sul sedile e a tutta velocità riprese la strada del ritorno. Superò il paese di Schignano, percorrendo le stradine lungo i prati, lontane dall'abitato, e puntò diritto verso la strada a lago: non c'era quasi nessuno in giro a quell'ora del mattino, se non qualche trattore che muoveva cumuli di neve.

Non aveva mai corso così tanto, la sua Balilla e, sempre tenendola al massimo della velocità, si lasciò alle spalle la tortuosa statale Regina e arrivò a Como.

Il Filiberto si era ricordato dei racconti di nonno Dario, quando narrava della cosiddetta "ruota degli esposti", situata lungo lo stradone che dalla città murata portava verso la stazione dei treni. Si trattava di una sorta di bussola girevole a forma cilindrica, collocata all'esterno di istituti o conventi, che le donne, afflitte dalla miseria o da qualche sventura, utilizzavano per affidare i propri figli alla Provvidenza, piuttosto che costringerli all'indigenza o a una vita di fame e patimenti.

Il Filiberto giunse nel punto dove, secondo le indicazioni del nonno, doveva esserci il convento con "la ruota" e nascose la Balilla in una viuzza poco distante. Spaventato, ma senza alcuna esitazione, prese il fagotto di lana tra le braccia e si incamminò verso un edificio color ocra, con tante finestre minuscole, tutte con le inferriate spesse e un piccolo campanile sul lato. Si guardò più volte intorno, per essere certo che nessuno lo vedesse, e si avvicinò.

Proprio a ridosso del portone principale vide che c'era davvero una sorta di ruota. Si avvicinò e provò a farla girare. Nulla. La strattonò più volte, ma non si mosse. Anzi si accorse che la parte superiore era bloccata con una staffa di ferro e che quel lavoro doveva essere stato fatto parecchi anni prima, perché i chiodi erano già tutti arrugginiti.

Fu preso dalla paura. Maledisse il vecchio Dario che gli aveva raccontato quella storia e andò diritto verso la porta d'ingresso del convento.

Non ci pensò un solo istante e appoggiò il piccolo Zeno davanti alla vetrata. Poi, per essere sicuro che qualcuno all'interno si occupasse subito del bambino, diede quattro strattoni violenti alla cordicella della campana e fuggì via, testa bassa e senza più voltarsi indietro.

Si rimise al volante della sua macchina e imboccò la strada del ritorno.

Nessun ripensamento, nessun desiderio, se non quello di ritornare presto a Schignano e dimenticare, anzi cancellare per sempre, la vergogna che si era abbattuta sulla sua famiglia per colpa di quel disgraziato di un Alfio Peduzzi.

Nessuno in paese si era accorto di nulla e il Lanfranconi riprese la sua vita normale.

Il parroco, di tanto in tanto, chiedeva notizie della piccola Alice e lo stesso facevano le persone più vicine alla famiglia del gerarca. A tutti, però, lui rispondeva: «Sta guarendo, grazie! L'aria di mare della Liguria è la medicina migliore» e nessuno pretendeva altri dettagli.

Anche i due vecchi guardoni, il Faustino detto *stòrt* e il Carletto chiamato *zupìca*, messi a tacere dalle minacce del Filiberto, alla fine si convinsero che la ragazzata di rotolarsi nudi dentro l'ovile, non avesse lasciato altra traccia se non una brutta polmonite.

La stessa Tina levatrice se ne guardò bene dal far parola con qualcuno, soprattutto dopo aver aperto la busta che il Filiberto le aveva lasciato a casa del Fausto.

Prima di andarsene gliela consegnò proprio lui. Lei l'aprì e dentro c'erano mille lire. Erano uno sproposito di soldi, rispetto a quelli che riceveva solitamente per il suo lavoro. Era più o meno l'equivalente di cinque stipendi mensili dati a un impiegato postale. Dentro, però, c'era anche un biglietto, scritto in stampatello: "Si dimentichi per sempre questo giorno. Lei in questa casa non è mai entrata e noi non ci siamo mai conosciuti!". E, sotto, nessuna firma, perché la firma, lì, non serviva.

Insomma, l'onorabilità della famiglia Lanfranconi di Schignano rimase intatta in tutta la sua reputazione e il gerarca Filiberto riuscì persino a convincersi che nessuno avrebbe sospettato mai dell'esistenza di quel bambino, figlio di una madre minorenne e di un padre altrettanto. Nessuno, né a Schignano, né a San Fedele né tanto meno a Erbonne.

Suor Alma, la portinaia del piccolo convento, appena udì quel suono insistente di campana uscì fuori e si trovò davanti un fagotto di lana dal quale uscivano degli strazianti gemiti di bambino. Prese il fardello tra le mani, lo portò subito all'interno e lo sollevò verso la statua di Sant'Anna con i lumini rossi accesi intorno.

«Sant'Anna proteggi questa creatura! Signore perdona chi l'ha abbandonata» disse e corse verso l'infermeria.

Aprì la coperta, prese il bambino e lo adagiò su un panno caldo, che stava appoggiato davanti alla stufa accesa. Versò l'acqua della brocca dentro una bacinella e la mise a scaldare sul fuoco, insieme a un pentolino colmo di latte.

Le altre otto consorelle erano in chiesa per la preghiera del mattino, ma appena la campana suonò la fine delle orazioni e l'avvio di un nuovo giorno, suor Alma si affacciò in corridoio.

«Sorelle? Presto, venite! Venite che il Signore ci ha donato un altro dei suoi figli abbandonati».

La prima ad arrivare fu suor Letizia, la più giovane, e dopo di lei anche tutte le altre e ognuna, avvicinandosi al neonato appoggiato sul cuscino, lo benediceva con una piccola croce sulla fronte e biascicava preghiere di benevolenza.

«Suor Letizia vai subito a chiamare il prevosto, che questo bambino va battezzato nel nome del Signore».

Dopo pochi minuti, don Ernesto, con la sua fidata perpetua al seguito, entrò in convento.

Le suore vestirono il bambino di bianco e lo portarono dentro la piccola chiesetta.

«Come volete che lo chiamiamo sorella?» domandò il prevosto, mettendosi una stola rossa al collo e aprendo il libretto delle orazioni.

«Don Ernesto, come voi credete!» fu la risposta: «Oggi però è la festa di San Sebastiano. Se ritenete, battezzatelo con il nome di Sebastiano».

Don Ernesto prese l'acqua santa e disse: «Sebastiano, io ti battezzo, nel nome del Padre, del Figliolo e dello Spirito Santo».

Ventidue

Sebastiano scoppiò in lacrime. Chiuse il diario di fratello Erasmo, lo lasciò sullo scrittoio e andò a buttarsi sul letto, abbandonandosi in un pianto a dirotto.

«Sono io quel Sebastiano,» cominciò a singhiozzare «quel Sebastiano sono io!» e le lacrime segnarono un tumulto di emozioni, di ricordi che non c'erano, di suggestioni mai provate e soprattutto di turbamenti inimmaginabili.

"Ma perché fratello Erasmo ha ritenuto di scrivere nelle sue memorie la sventurata vita di Alfio Peduzzi, di Alice Lanfranconi e delle loro famiglie?" pensò: "Perché ha conosciuto quei luoghi, quei paesi e pure tutte le disgrazie di quell'umanità? Chi gliele ha raccontate? Soprattutto, perché ha scelto di riportare nei suoi scritti la mia nascita e l'abbandono da parte dei miei genitori?".

Il campanile dell'abbazia di Altavigna scandì i dodici rintocchi.

Sebastiano, frastornato da quella lettura, seguitò a rimuginare nella mente la sconvolgente storia delle sue origini. Nella sua memoria ripercorse tutti gli avvenimenti che aveva trovato raccontati per mano di fratello Erasmo e rivide le persone, le famiglie, le miserie e un intero mondo del quale non aveva mai neppure saputo l'esistenza.

Sconvolto da quella storia e con dentro l'anima l'incubo di ciò che ancora avrebbe potuto trovare scritto, abbandonò i quaderni sul tavolo e andò alla finestra che si affacciava sul parco degli Abati. La aprì e, come volendo fuggire dagli orrori di quanto aveva appena letto, provò a lasciarsi nuovamente avvolgere dalla rassicurante atmosfera dell'abbazia.

In quei giorni la vita del monastero l'aveva affascinato e qualunque angolo o spazio, dentro quelle mura, era riuscito a fargli ritrovare serenità.

Il parco degli Abati, anche quella notte, era una disegno perfetto, fatto di viali tra il verde. E laggiù, verso il muro, le cime degli alberi andavano a confondersi con le ombre chiare del filare dei pioppi.

Le siepi del chiostro erano cerchi concentrici che dal pozzo di marmo bianco si allargavano identiche, fino al colonnato scuro.

Le finestre, alte e strette, tutte di vetro, erano disegni simmetrici racchiusi da sottili fili di piombo e lasciavano trasparire tenui colori che regalavano luce soffusa ai corridoi deserti.

I filari della vigna erano linee perfette che dalle mura, rischiarate dalla luna, si allungavano nell'infinito, incontrandosi oltre l'orizzonte.

E rivide gli scranni del coro: preziose sculture lignee, tutte uguali, che nel fondo dell'abside si rimpicciolivano nel buio e facevano rimbalzare i riflessi dei lumi rossi accesi.

E gli parve di risentire la musica d'organo, soffusa, che permeava il silenzio, come un'emozione che abbracciava e rincorreva voci diverse, tutte diverse tra loro, qualcuna persino dissonante, ma che poi gli affreschi della cupola riuscivano a riunire nella melodia di un unico canto.

E ripensò agli antichi libri, dentro le scansie della biblioteca: un susseguirsi di sfumature diverse e, in ognuno, le pagine miniate erano un prezioso alternarsi di forme e colori.

Era la bellezza che lì, in quell'abbazia, era diventata forma e sostanza!

Lì il bello affascinava gli occhi ed entrava nell'anima. Riempiva i pensieri e ravvivava le emozioni. Si annidava anche negli angoli più nascosti e compariva, inatteso, all'aprirsi di ogni porta, anche la più segreta.

Era proprio inebriandosi della bellezza che permeava ogni più sperduto angolo del monastero, che Sebastiano cominciò a chiedersi perché di bellezza non si nutrivano anche i giorni del mondo e perché il bello non riusciva ad accomunare anche ogni spazio della vita degli uomini.

E si ritrovò a pensare, a uno a uno, anche a tutti i monaci incontrati in quei pochi giorni. Rivide i loro volti, i loro sguardi e soprattutto gli sembrò di avere ancora davanti agli occhi l'immagine solenne e austera di padre Anselmo.

Lì, quella notte, in quel monastero, sentì dentro un desiderio irrefrenabile di serenità, di bellezza e di pace.

Richiuse la finestra e un senso di oppressione e di ansia tornò invece a stringergli i pensieri.

Lui non era altro che il figlio di un gioco ubriaco tra due minorenni, nel giorno di Carnevale.

Non riusciva a darsi pace, era come se la vita gli stesse crollando addosso, come se ogni cosa stesse perdendo di senso e valore.

La sua nascita, anzi, lui stesso, non era stato altro che una disgrazia, una maledizione e addirittura un disonore inaccettabile per la stimata e potente dinastia dei Lanfranconi. Il suo esistere era diventato un'onta da tenere nascosta e da mantenere segreta a suon di minacce e turpi ricatti.

Lui, Sebastiano, un essere rifiutato e abbandonato nelle mani di chi si era dovuto occupare di lui, non per amore di sangue, ma per scelta religiosa di vita.

Era rimasto nelle braccia di sua madre per meno di due mesi e suo padre non l'aveva mai nemmeno visto una volta.

Non solo, il nome che portava e quello con il quale tutti lo avevano chiamato fino ad allora, non era nemmeno il nome scelto da sua madre. E suo padre forse aveva passato la vita a cercare inutilmente un bambino di nome Zeno.

Erano pensieri e tormenti che lo straziavano e gli disegnavano nella mente angosce che sentiva di non riuscire più a controllare.

Sarebbe forse stato meglio non essere mai entrati in quell'abbazia e non aver mai iniziato a leggere le memorie di fratello Erasmo.

Il campanile della chiesa suonò il primo rintocco del nuovo giorno e Sebastiano riprese tra le mani i diari.

Era sconvolto e lacerato nei sentimenti, ma volle comunque continuare la lettura.

Che cosa gli era successo dopo essere stato abbandonato? E sua madre Alice? E suo padre Alfio? E il resto della sua famiglia, i nonni Basilio e Lina, Filiberto ed Elvira?

Con quei pensieri che gli si accavallavano in testa, si sedette nuovamente allo scrittoio e riprese a leggere.

Ventitré

Era da parecchie settimane che l'Alfio non riceveva più lettere dalla sua Alice ed era stata colpa della troppa neve che aveva bloccato le strade della valle.

Impaziente di sapere come era andato il parto, ma soprattutto desideroso di abbracciare suo figlio, andò dal capo cantoniere di San Fedele a chiedere informazioni sulle condizioni delle strade verso la montagna.

«La prima macchina è passata ieri,» gli disse «ho visto il Lanfranconi salire da Schignano verso Erbonne di mattina presto e poi l'ho rivisto scendere, per cui, giovanotto, in qualche modo si riesce a passare. Poi tu hai le gambe buone, vai tranquillo!».

A quelle parole non aspettò un solo istante e si incamminò verso Erbonne.

La neve dalle strade era stata rimossa, ma sui lati si erano formati dei muraglioni enormi, che di tanto in tanto lasciavano cadere dei pezzi e passare a piedi diventava persino pericoloso. In alcuni tratti, poi, il gelo della notte aveva creato delle enormi lastre di ghiaccio e lì si faticava persino a reggersi in piedi. L'Alfio, comunque, rassicurato dalle parole del cantoniere, ma soprattutto deciso ad arrivare a Erbonne, non si perse d'animo e seguitò a inerpicarsi lungo la via.

Dopo quasi un'ora di cammino, sentì qualcuno gridare: «Ragazzo! Guarda che più avanti non si passa,» gli disse un contadino da una fattoria sommersa dalla neve sul bordo della strada «proprio stanotte è venuta giù una slavina dal monte Crocione! Ti conviene tornare indietro! E c'è pericolo che ne venga giù anche qualche altra».

Lui, però, non si rassegnò. Seguitò a camminare, ma proprio dopo due tornanti, a ridosso del rifugio, si trovò davvero di fronte a una montagna di neve, che ostruiva il passo.

Si fermò sconsolato all'idea di non poter raggiungere il paese, quando sentì avvicinarsi un rumore di trattore. Era dall'altra parte della muraglia e arrivò proprio a ridosso del blocco. Dopo pochi attimi si sentirono delle voci e poi il cingolato rimettersi in moto, con il rumore sommerso da un graffiare di acciaio contro la neve.

«Vai, vai! Continua così, che fra un po' cede!». Le voci si sommavano al fracasso della grossa pala che cercava di rimuovere i blocchi più grossi. Ci volle una buona mezz'ora, poi il muro di neve si squarciò e comparve il muso del trattore, insieme a una nuvola nera di gasolio bruciato.

La strada per Erbonne era finalmente riaperta e quando i due cantonieri si trovarono di fronte a un ragazzotto infreddolito e dall'aria spersa non ebbero alcuna esitazione.

«Se aspetti che liberiamo del tutto la strada, a Erbonne ti portiamo noi» gli dissero e fu così che le tante e troppe insidie sul resto del percorso, l'Alfio le superò seduto sul mezzo cingolato degli operai.

La rimanente strada era la più pericolosa perché correva addirittura sul bordo di strapiombi che arrivavano fino in fondo alla valle. L'Alfio, impaurito, si aggrappò a una delle piantane che reggevano il tetto del trattore e chiuse gli occhi per non vedere. Per tutto il tragitto, sballottato per i buchi e i pezzi di neve rimasti sull'asfalto, non riuscì a non pensare a come era morto il Cleto *Bindèla*, un muratore che abitava a San Fedele proprio di fronte alla sua casa. L'Alfio aveva appena dieci anni, ma se lo ricordava perfettamente. Era in macchina con il padre e il *Bindèla* era sul furgone che procedeva davanti a loro. Era inverno e, sarà stata la neve, o forse la velocità eccessiva, o una distrazione, sta di fatto che vide con i suoi occhi il camioncino uscire di strada, rotolare lungo la scarpata, spezzarsi in due e poi perdersi tra le rocce del fondo valle. Suo padre gli aveva poi raccontato che i soccorritori avevano trovato pezzi di furgone ovunque ma, ciò che più aveva impressionato tutti, anche gli adulti, era il fatto che anche il *Bindèla* non fu trovato intero.

Con quei pensieri in testa, di tanto in tanto apriva gli occhi, per vedere quanto mancava ad arrivare in paese, ma ogni volta gli apparivano soltanto, o sulla sua destra, o sulla sua sinistra, a seconda del volgere dei tornanti, strapiombi di vallate imbiancate. E più lui dimostrava di aver paura e più i cantonieri si divertivano a passare con le ruote proprio sul ciglio della strada e, delle volte, addirittura a fingere delle sterzate improvvise, come se il mezzo stesse uscendo di carreggiata.

L'Alfio arrivò in paese che era quasi mezzogiorno. Il tragitto l'aveva agitato, ma quel che adesso più lo preoccupava era l'arrivo in casa dei Lanfranconi.

Il Fausto gli aveva intimato di non salire a Erbonne, ma di aspettare il giorno in cui si sarebbe fatto vivo lui. Il piombargli in casa così, avrebbe potuto scatenare qualche strana reazione. Ormai però era troppo tempo che non aveva più notizie della sua Alice, lettere non ne aveva più ricevute, quelle lasciate da lui dietro la cappelletta di Santa Rita erano rimaste al loro posto e non poteva più aspettare.

Si avvicinò alla casa del Fausto, ma gli bastò bussare una sola volta che si trovò davanti la faccia sconvolta della Elsa.

«Vieni dentro, Alfio! Madonna Santa ti ha mandato il Signore! Vieni dentro che adesso la tua Alice ha proprio bisogno di te».

Non riuscì a dirgli altro e l'Alfio, terrorizzato da quelle parole, cominciò a chiedergli spiegazioni su che cosa fosse successo, ma lei riuscì soltanto a tenergli il volto stretto tra le mani e a ripetergli: «Ah che tragedia!».

«Mio figlio! Ditemi cos'è successo a mio figlio!» urlò l'Alfio, guardandosi in giro. Non ebbe risposta, ma subito sentì la voce straziante di Alice arrivare dal piano di sopra: «Alfio, Alfio!» poi comparve sulle scale insieme a mamma Elvira, che cercava di calmarla e la sorreggeva per un braccio, nel vano tentativo di riuscire a tranquillizzarla. Lei seguitava ad agitarsi e a piangere disperata.

«Me l'hanno portato via!» urlò allungando le mani verso l'Alfio: «Me l'hanno portato via proprio ieri!» poi picchiava i pugni contro il muro.

«Portato via? Ma che cosa stai dicendo? Ma chi? Dove?» chiese lui sbalordito.

«Il papà! Il papà ce l'ha rubato! Alfio il nostro Zeno non c'è più».

L'Alfio salì di corsa le scale, la prese tra le braccia e, incredulo, riuscì soltanto a ingarbugliare parole senza senso, piene di rabbia e risentimento.

«Alfio,» balbettò lei piangendo «Alfio, sarebbe bastato che tu fossi arrivato ieri e avresti potuto almeno vederlo. Il nostro bambino era bellissimo e forse tu saresti anche riuscito a impedire che mio padre ce lo portasse via» e si accasciò sull'ultimo gradino.

Lui, stordito da quelle parole, ridiscese le scale furente.

«Ma chi ha permesso questa cosa?» cominciò a strillare: «Maledetti tutti! Non dovevate lasciargli fare una cosa del genere...». Proprio in quel mentre il Fausto sbucò dalla cantina, prese l'Alfio e lo trascinò in cucina. Lo stesso fecero la Elsa e l'Elvira, prendendo l'Alice per le braccia e conducendola nella sua stanza.

«La tua Alice ha partorito un paio di mesi fa» gli disse il Fausto cercando di calmarlo «ma come ben sai siamo rimasti isolati per la neve. Ieri, lo sa Dio come sia riuscito a salire, ci è piombato in casa suo padre. È stato un attimo. Ha preso il bambino ed è scappato. È terribile Alfio, terribile, ma è successo. Io temo che mio fratello abbia anche già compiuto un gesto irreparabile».

L'Alfio cominciò a urlare come un ossesso e più strillava lui e più si avviliva nel pianto Alice, al piano di sopra. La Elsa e l'Elvira cercarono in tutti i modi di tranquillizzarla, ma la disperazione in lei non trovò pace.

L'Alfio cominciò allora a sbraitare, a minacciare ed era diventato così rabbioso che lo zio Fausto lo prese di forza e lo costrinse a sedersi su una sedia.

«Adesso calmati Alfio,» gli intimò «calmati che così non si risolvono i problemi. Quel che è successo ormai non si può cambiare, ma ti assicuro che domani mattina scenderò a Schignano e andrò io a parlare con il papà di Alice. Potrebbe anche darsi che...».

Proprio in quel momento, però, si sentì un'auto arrivare sotto casa. Nemmeno il tempo di affacciarsi alla finestra che dalla porta entrò Filiberto Lanfranconi, volto scuro e occhi sbarrati.

Il Fausto e l'Alfio gli si pararono davanti, ma lui con un ghigno sprezzante cominciò a urlare.

«Disgraziato farabutto ti avevo detto di non farti più vedere» sbottò alla vista dell'Alfio e, spingendolo contro il mobile del corridoio, salì furioso verso le stanze.

«Maledetto tu e non da meno mio fratello che ti ha fatto entrare in casa» aggiunse, poi sparì nella camera di Alice.

Ci rimase pochi istanti, poi la prese per un braccio e se la trascinò verso la scala.

La moglie Elvira, terrorizzata e balbettando frasi sconnesse, cercò in qualche modo di fermarlo e di capire almeno che cosa avesse intenzione di fare. Lui, però, la liquidò con i suoi soliti modi prepotenti: «Io mia figlia me la riporto a casa, se tu vuoi puoi anche restare qui!» e seguitò a scendere dai gradini.

La moglie non poté fare altro che seguirlo e, con le mani tese, tentava in ogni modo di toccare le spalle di Alice, per farle sentire che lei c'era e non la stava abbandonando.

«E che non ti riveda più appresso a mia figlia,» urlò di nuovo il Filiberto all'Alfio, appena gli passò con la bocca a pochi centimetri dal viso «sparisci per sempre dalla mia vista, perché la prossima volta che ti incontro ti ammazzo con le mie mani!».

L'Alfio sbiancò, cominciò ad ansimare e benché tentasse di parlare, di ribellarsi, si ritrovò come paralizzato e incapace di qualunque reazione.

La Elsa era impietrita. Dall'alto della scala assistette impotente a quel nuovo gesto di inaudita violenza e non riuscì a dire nulla, né tanto meno a ostacolare ciò che stava succedendo. Il Fausto, invece, che da una vita subiva le angherie del fratello, trovandosi quella volta costretto, suo malgrado, a diventare complice di una brutalità senza eguali, provò a fermarlo.

«Filiberto,» gli disse con voce convinta e per nulla titubante «Filiberto io credo che tu non debba trattare in questo modo tua figlia, insomma, come dire... è ancora una ragazza...».

Lui si fermò di scatto. Con la mano destra seguitò a tenere Alice per un braccio, ma con la sinistra afferrò il fratello per il collo.

«Fausto, ti ho chiesto un favore e me l'hai fatto. Punto!» ringhiò furente.

«Io adesso, da te, non ho bisogno di altro, tantomeno di consigli!» aggiunse con lo stesso tono: «Ricordati bene quello che ti dico: non osare ostacolarmi e che non venga in mente a te, o a qualcun altro, di parlare con chicchessia, perché potreste non avere il tempo di pentirvene» e lo strattonò con forza, fissandolo con occhi furenti.

La Elsa, da lontano, si fece per tre volte il segno della croce e si coprì il volto.

Il Fausto abbassò lo sguardo e non osò aggiungere altro.

Filiberto, sputò una bestemmia contro il fratello, poi trascinò Alice fuori di casa, mentre l'Elvira, in lacrime, lo seguiva remissiva e silenziosa.

Le fece salire entrambe in auto, poi mise in moto e sparì verso la valle.

Ventiquattro

L'Alfio non aspettò un solo minuto in più. Appena vide la Balilla del Filiberto andare via con la sua Alice, si avviò, correndo, verso valle.

Gli era stato portato via il figlio, gli era stato vietato di incontrare la madre del suo Zeno e, peggio ancora, il suo bambino, forse, poteva anche non essere già più in vita.

Era in preda a un'ira incontenibile e un simile orrore non poteva restare impunito.

Arrivò in paese ed entrò in casa come una furia.

«Quell'assassino di un Filiberto ha ucciso mio figlio,» gridò senza nemmeno capire se c'era qualcuno che potesse ascoltarlo «ha portato via nostro figlio e non sappiamo che cosa ne abbia fatto! Maledetto! Maledetto, merita di fare la stessa fine e la farà!».

Stava ancora urlando tutta la sua rabbia e la sua voglia di vendetta, quando sua madre entrò dalla porta che dava sul giardino.

Era desolata e non tentò nemmeno di fermare la collera e le invettive del figlio. Lo lasciò sfogare, allontanandosi verso la cucina, e quando l'Alfio le arrivò appresso, lei si sedette ammutolita.

«Ti sto dicendo che quel disgraziato ha ucciso mio figlio e tu te ne stai lì imbesuita in questo modo?» la aggredì.

La Lina, però, non diede cenno di reazione.

Seguitò a tenere gli occhi chiusi, fino a quando il figlio capì e le si sedette di fronte.

«Alfio» gli disse «il piccolo Zeno non è morto».

«E allora dov'è? Se è ancora vivo, io devo sapere dove si trova!» la interruppe di nuovo, balzando in piedi urlando.

La Lina tacque e non reagì.

«Parla e dimmi dov'è!» insistette.

La madre aspettò di rivederlo seduto, poi riprese: «Alfio, io non so dove sia. So, però, per certo, che è vivo. Ieri sera tuo padre ha incontrato il padre di Alice e lui gli ha giurato di non averlo ucciso, ma di averlo affidato a chi potrà averne cura. Anzi ha detto: "a chi sarà in grado di accudirlo"».

«Ma anche io e Alice potevamo avere cura di Zeno e saremmo stati in grado di accudirlo!» disse Alfio con un tono che si era fatto più calmo, quasi che l'emozione gli strozzasse le parole in gola.

«Dovete costringere Filiberto a ridarmi mio figlio!» aggiunse, alzando ancora la voce.

«Alfio» riprese pazientemente sua madre «in questa storia sono già successe troppe ingiustizie, troppi soprusi e troppe sofferenze. Devi essere forte e devi dimostrare di essere un uomo. Alfio, non servono altre violenze, bisogna solo avere la pazienza di sapere aspettare».

«Ma quel bastardo di un Filiberto deve dirci dove l'ha portato» disse Alfio piangendo.

«Figlio mio» gli disse accarezzandogli i capelli e cercando di rasserenarlo «Filiberto è un uomo cattivo che ha fatto tanto male a molte persone e adesso può farne ancora a te, ad Alice e alla nostra famiglia. Alfio il male si ferma soltanto non facendo dell'altro male. Dobbiamo saper accettare l'ingiustizia e i soprusi che sono successi, perché solo così possiamo evitare che Filiberto compia altre cattiverie nei confronti delle persone alle quali vogliamo bene».

«Ma io andrò a cercare mio figlio ovunque!» ripeté Alfio in lacrime.

«Alfio non sappiamo dove sia. E non sappiamo nemmeno che nome abbia. Chi se ne sta curando adesso, un nome certamente gliel'ha dato, ma non sarà certo Zeno, come voi volevate».

«Ma questo non è giusto!» gridò Alfio.

«Poche cose sono giuste in questo mondo, ragazzo mio. Noi però dobbiamo almeno evitare che ingiustizie si aggiungano a ingiustizie, violenze a violenze e oltraggi a oltraggi. Ah Alfio! Crescerai e scoprirai che in questo mondo spesso è il male che vince e sono i cattivi che hanno la meglio. I buoni possono solo sopportare, spezzando così la catena del male» e se ne andò verso la stanza in lacrime.

Il Basilio era nel capannone ad aggiustare una vecchia betoniera da portare il giorno successivo in cantiere. L'Alfio lo raggiunse, con nell'anima le tristi parole che aveva appena ascoltato da sua madre.

«La mamma mi ha detto che hai incontrato Filiberto» gli disse.

«Sì, ieri sera» gli rispose, senza smettere di accanirsi su un bullone, che non ne voleva sapere di allentarsi.

«E dunque che cosa pensi che si debba fare?».

Il Basilio diede l'ultimo inutile strattone alla chiave del dieci, poi si voltò.

«Figliolo, dopo quello che è successo, per te qui non c'è più spazio per vivere. Dovrai aspettare di essere un po' più grande, ma poi dovrai andartene. Devi lasciarlo questo paese, devi andare via da questa valle. Vai via e dimenticati di tutti. Alfio, io nella vita ho imparato che i farabutti non cambiano. Gli uomini malvagi non diventeranno mai uomini perbene. Chi invece è buono, per non rischiare di diventare come loro, deve soltanto cercare di stare alla larga dai cattivi».

Gli si strozzarono le parole in gola poi proseguì: «È la cosa peggiore che un padre possa dire a un figlio, ma vattene da qui! Lascia questo dannato posto e vai a ricostruirti una vita altrove» e si girò dall'altra parte, per nascondere il viso che gli si stava rigando di lacrime.

«Ma papà, io e Alice vogliamo nostro figlio! Vogliamo poterlo rivedere e crescere come fanno tutti i genitori».

«Alfio, lo so che è terribile, ma è inutile che proviamo a lottare. Né voi, né noi, sapremo più nulla di vostro figlio. Il vostro Zeno è vivo, ma crescerà chissà dove, con un altro nome, con un altro papà e con un'altra mamma» e se ne scappò via.

L'Alfio era stordito. Né suo padre e nemmeno sua madre gli avevano mai parlato in quel modo. Mai gli avevano confidato i loro pensieri e le loro paure, come si fa con i grandi. E se ne tornò in casa, oppresso dalla disperazione.

* * *

Sebastiano chiuse i diari di fratello Erasmo e appoggiò la testa sullo scrittoio, sconvolto.

In quelle memorie non ci sarebbe più stato scritto nulla della sua vita, perché il suo vero padre Alfio e la sua vera madre Alice non avrebbero mai più saputo nulla sulla vita di loro figlio, nato a Erbonne, con il nome di Zeno e battezzato a Como con il nome di Sebastiano.

Suonarono le campane delle 4.30 del mattino e nell'abbazia iniziava una nuova giornata.

Sebastiano scese come ogni mattina in basilica, varcando per ultimo la porta che dava accesso al coro, come prevedeva il rispettoso cerimoniale dei monaci, ma quel giorno l'unica cosa che gli interessava era indagare su chi fosse mai padre Anselmo, che rapporti avesse con fratello Erasmo. Ciò che inquietava la mente di Sebastiano, infatti, era il perché un monaco avesse scritto nei suoi diari e nelle sue memorie le disgraziate storie delle famiglie Peduzzi e Lanfranconi.

Aspettò che finisse la liturgia, poi si soffermò in corridoio per capire dove sarebbe andato fratello Cassiano, se nella sua cella o nella fattoria con il vecchio fratello Adalberto.

Lo vide attraversare il chiostro del Tiglio e poi addentrarsi nel parco degli Abati con passo affrettato.

Lo seguì e, appena si accorse che la direzione assunta era proprio quella della fattoria, lo raggiunse velocemente e lo fermò prima che iniziasse a riempire le greppie dei vitelli.

«Fratello Cassiano, ma lei conosceva bene padre Anselmo?».

«Perché mi pone questa domanda?».

«Perché la sua morte mi ha molto colpito. Ho avuto modo di parlargli una volta nella biblioteca e ne sono rimasto affascinato».

«Come è normale che succeda, quando si ha la grazia di avvicinarsi a un santo» fu la risposta sbrigativa e persino scocciata.

«Con lui ho avuto modo di parlare a lungo anche di fratello Erasmo, lei lo conosceva bene?».

A quel punto la risposta fu decisamente seccata: «Ma perché insiste nel tornarmi a chiedere di fratello Erasmo? Che cosa vuole sapere di lui?».

«Nulla. Assolutamente nulla. È che, come le ho già detto, era l'unico monaco di cui avevo sentito parlare fuori di qui. Io sono di Como e spesso mi succede di andare al lago. È lì che ho sentito fare elogi della sua vita e della sua santità».

«Di fratello Erasmo non parlano bene soltanto a Como, la notorietà dei santi non ha confini. Comunque, una delle regole principali del nostro monastero è il silenzio e i monaci non sprecano molto tempo in chiacchiere, anzi, niente del tutto».

Prese una forca per sollevare della paglia e proseguì: «Dovrebbe rispettarla anche lei questa regola, caro Sebastiano» e riempì le mangiatoie delle bestie.

Sebastiano però proseguì imperterrito: «Padre Anselmo...».

«Padre Anselmo lo ha certo conosciuto più di tutti noi,» lo interruppe in modo seccato «lui per anni è stato il suo confessore e di certo avrà raccolto tutte le sue confidenze e i suoi tormenti! Ma adesso, se lei è venuto in stalla, è per lavorare! Vada a riempire il bidone dell'acqua, che i vitelli devono anche bere!».

Sebastiano non osò aggiungere altro e, appena eseguito l'ordine di fratello Cassiano, se ne tornò di fretta nella propria stanza. Riprese in mano i diari e seguitò a leggere.

Venticinque

Il primo sabato di luglio del 1937, di mattina presto, la Balilla nera del gerarca Lanfranconi entrò in San Fedele e andò a fermarsi nella stradina sterrata che stava dietro la casa del Basilio Peduzzi.

Scesero il Filiberto e subito dopo anche la moglie Elvira.

Lui si guardò intorno, per accertarsi che non ci fosse in giro gente e si infilò sotto il portico, andando a bussare a una porta secondaria che dava accesso all'abitazione passando dai pollai.

La Lina, che già aveva visto l'auto quando ancora era lontana, gli andò incontro preoccupata, ma con modi deferenti e faccia ossequiosa.

«A che debbo la vostra visita?» gli disse aprendo entrambe le ante della porta.

Il Filiberto entrò con smorfia altezzosa e, subito dietro di lui, passò anche l'Elvira.

«Dov'è vostro marito?» domandò con voce scorbutica e imperiosa.

«Questa mattina è andato in cantiere con un'ora di anticipo, perché vuol mettere a tetto una casa prima che cambi il tempo e cominci a piovere».

«E allora andate a chiamarlo, che gli devo parlare con urgenza» fu la risposta perentoria.

«Certamente, signore. Datemi soltanto il tempo di raggiungerlo dall'altra parte del paese e sarà subito da voi» disse togliendosi il grembiule mentre si allontanava di corsa.

Il Filiberto cominciò a gironzolare per casa.

«Come tutte le abitazioni dei muratori,» bofonchiò sarcastico «vanno a sistemare quelle degli altri e guarda come tengono la propria!» e, con la mano, diede un colpo all'intonaco della parete, screpolato dall'umidità, facendone cadere a terra un gran pezzo.

«E guarda il soffitto! Se non si sbriga a togliere le infiltrazioni dal tetto, fra un po' gli viene giù anche la soletta» e seguitava ad andare avanti e indietro, scuotendo sprezzante la testa.

Si avvicinò a una sedia a ridosso della credenza e prese un golfino verde scuro da uomo, di una taglia non certo adatta per il Basilio. Lo sollevò schifato, poi lo buttò sul divano lì vicino.

La stessa espressione di sprezzo gli si disegnò in volto vedendo le tazze della colazione ancora nel lavello della cucina, poi andò a guardare dalla finestra, scostando leggermente le tende.

Trascorsero altri minuti, poi la Lina entrò trafelata e, subito dietro di lei, anche il Basilio.

«Eccomi da voi Filiberto» gli disse «che cosa vi ha spinto fino a San Fedele?».

«Dov'è quel miserabile di vostro figlio?» gli domandò con voce torva.

«È in cantiere» fu la risposta preoccupata «ma mia moglie mi ha detto che voi avete chiesto di me, non di Alfio».

«Sì, volevo solo accertarmi che quel poltrone non fosse ancora di sopra a letto e potesse ascoltare i nostri discorsi».

«Allora eccomi qui a vostra disposizione, ditemi!».

«Basilio, io non ho intenzione di veder morire la mia Alice, per colpa di quello sciagurato di vostro figlio!» tuonò incollerito.

«Ma che cosa dite? Ma perché? Mio figlio sta tutto il giorno con me in cantiere... e non è mai successo...».

«Silenzio!» gli ordinò il Filiberto.

Il Basilio tacque e osò soltanto bofonchiare poche altre parole confuse, ma solo per scusarsi di aver interrotto il suo parlare.

«Io non ho intenzione di veder morire mia figlia» ripeté perentorio. «Sono sei mesi che Alice non si muove dal letto,» aggiunse con tono rabbioso «sono sei mesi che non mangia e il dottore ha detto che se va avanti così...».

A quel punto intervenne la moglie.

«La mia bambina è entrata in uno stato di...» si fermò un attimo, come per cercare di ricordare la parola giusta, poi: «...Sì, in uno stato di "depressione"! Il dottore ha usato proprio questa parola. Signor Basilio la nostra bambina non si vuole più alzare, non vuole più uscire di casa, non vuole più vedere nessuno, mangia pochissimo e continua a piangere».

«E non solo!» aggiunse: «Durante la notte ha degli incubi, delle allucinazioni e si mette a gridare, chiama vostro figlio, continua a ripetere in maniera ossessiva il nome di Zeno e si picchia le mani sulla testa».

«E tutto questo proprio per colpa di quello sciagurato del vostro Alfio,» intervenne il Filiberto «che il diavolo se lo pigli, maledetto!».

L'Elvira cercò di tranquillizzarlo, facendogli segno con la mano che non era il caso di continuare a inveire.

«E che cosa dovrei dire?» fu la risposta stizzita del Filiberto: «Dovrei ringraziarlo per aver abusato della mia bambina e per averle fatto mettere al mondo un figlio a 17 anni? Dovrei congratularmi per aver disonorato me e la mia famiglia? Ah, disgraziato lui e tutti quanti anche voi!» e si alzò imprecando e picchiando il pugno di una mano contro il palmo dell'altra.

L'Elvira, dopo quelle parole, si avvicinò al Basilio con toni più mansueti.

«Signor Peduzzi, io e mio marito siamo intenzionati a trovare un modo per far tornare nostra figlia in salute. Ne abbiamo parlato anche con il dottore e proprio lui ci ha consigliato…».

«Ci ha consigliato, ma io non sono d'accordo!» sbraitò di nuovo il Lanfranconi: «Che cosa volete che capisca, di ragazzi, un anziano smidollato, senza figli e alle prese soltanto con le quattro donnette acciaccate che gli girano intorno?».

L'Elvira, però, incurante degli sproloqui incontrollati del marito, proseguì: «Il dottor Fernando Bianchi ci ha consigliato di non ostacolare la relazione tra i nostri figli e di fare in modo che i nostri ragazzi si possano incontrare e parlare. Lui dice che è l'unico modo perché la nostra Alice si possa tranquillizzare e possa uscire dalla pressione nella quale è caduta».

«De-pressione! Depressione! Non pressione! Ignorante!» la redarguì il Filiberto, poi seguitò ad andare avanti e indietro di fronte alla finestra, ma lanciando, di tanto in tanto, anche delle occhiate sinistre al Basilio e alla Lina.

«Se i nostri figli» riprese l'Elvira «avessero occasione, in una qualche maniera che decideremmo noi... se potessero, come dire, rivedersi anche solo una volta, anch'io sono sicura che sarebbe un modo per dare un po' di pace alla nostra Alice».

«Però tutte queste chiacchiere melense non servono,» intervenne deciso il Filiberto «qui non stiamo chiedendo dei favori. Io sono venuto qui per comunicare ai genitori di quello sciagurato di un Alfio, che ho deciso di somministrare una medicina consigliata dal dottore Bianchi. Medicina inutile, ma se è da provare che la si provi».

Poi si rivolse al Basilio: «Ma sia ben chiaro che i due non si devono incontrare né a casa vostra, né a casa mia, né da qualunque parte qui in valle. Nossignori! Io non ho alcuna intenzione di sentire chiacchiere e pettegolezzi, che già qualcuno si è lasciato scappare delle parole di troppo».

Si voltò verso il muro e, senza guardare più nessuno, proseguì: «Domani mattina porterò la mia Alice in Liguria, a casa di nostra cugina Eleonora, che abita a Lerici».

Un lungo silenzio nel quale nessuno osò dire nulla, nemmeno l'Elvira.

«Io l'affiderò a lei per il tempo necessario e sono sicuro che, giudiziosa com'è, saprà prendersene cura». Poi di nuovo silenzio.

«Noi pensavamo...» provò a dire l'Elvira, ma fu subito messa a tacere.

«Zitta! Che queste sono faccende da uomini e ad ascoltare voi donne succedono solo disastri» e tornò ad avere il volto incattivito e la voce ferma.

«Se fosse stato per me l'Alice al Carnevale non ci sarebbe mai andata» la accusò furente «altro che prepararle il vestito! Chi l'ha lasciata andare alla festa da sola?».

L'Elvira abbassò la testa mortificata e tacque.

«Stavo dicendo che io domani porterò mia figlia a Lerici da mia cugina. Nei prossimi giorni voi andrete a trovarla, portandovi anche vostro figlio».

A quel punto, però, sollevò il dito indice della mano destra verso il Basilio e proseguì perentorio: «Ci andrete voi, nessun altro e sia chiaro che i due non dovranno mai essere lasciati soli. Mai! Dirò anche a mia cugina di vigilare perché quei ragazzi non hanno ancora la testa per ragionare!».

E sbuffando in modo nevrastenico si avviò verso l'uscita.

«Non ho altro da dirvi! Sappiate che lo faccio solo per mia figlia. Lo faccio perché mi fa pena vederla in quelle condizioni».

Poi ancora un ammonimento severo: «Ma non fatemi pentire di aver dato retta al dottor Bianchi».

Appoggiò la mano sulla maniglia della porta con un categorico: «Andiamo Elvira, che ciò che c'era da dire è stato detto!».

Il Filiberto sparì dietro la casa e la moglie lo seguì in silenzio.

Dopo un attimo la Balilla nera uscì da sotto il portico e imboccò la strada che scendeva verso valle.

Ventisei

Il Basilio corse subito a chiamare il figlio.

«Alfio, Alfio» gridò appena oltrepassato il cancello di legno del cantiere.

Lo raggiunse sull'impalcatura del tetto e, trafelato, prima ancora che lui gli rivolgesse lo sguardo, cominciò: «Alfio, sabato prossimo partiamo per la Liguria».

Lui però seguitò a inchiodare assi sulle travi, perché non era il mare ciò di cui aveva voglia in quel momento.

Suo padre gli andò vicino: «Alfio, poco fa è venuto a casa il papà di Alice».

A quel punto lui lasciò cadere il martello e anche i chiodi che teneva in mano e lo guardò stralunato.

«E che cosa vuole il maledetto?».

«Alfio, il Filiberto ha chiesto che tu vada a trovare Alice in Liguria».

«E perché mai in Liguria?».

«Perché è andata da sua cugina e ci resterà per un po' di tempo».

L'Alfio però seguitava a non capire.

«Ma se non ho mai potuto incontrarla qui! Perché adesso?…».

«Perché Alice ha chiesto di vederti e suo padre ha capito che è giusto così. Sabato andremo insieme a Lerici e potrai riabbracciarla».

L'Alfio non riuscì più a picchiare un solo chiodo, cominciò a muoversi come in preda a una incontenibile agitazione e, di lì a poco, dopo aver sommerso il padre di tutte le domande possibili e immaginabili, si tolse la giacca da lavoro e si preparò per tornare a casa.

«Ma Alfio, fermati. Che cosa fai?» domandò il Basilio: «Non mi puoi lasciare qui da solo adesso, con tutto il lavoro che c'è ancora da fare! Prima di sera questo tetto va coperto, perché stanotte viene la pioggia» ma l'Alfio ormai non lo stava più nemmeno ad ascoltare e si era già incamminato verso il cancello d'uscita per tornare a casa.

Sua madre era sulla porta ad attenderlo.

«Hai visto che è valsa la pena aspettare, figliolo?» gli disse la Lina: «Hai visto che non bisognava rispondere al male con il male?» e, tra una frase e l'altra, infilava anche qualche parola di ringraziamento a San Zeno che l'aveva esaudita.

«Vieni dentro» aggiunse contenta «sono mesi che aspetto e prego per questo. Oggi è un giorno importante e vedrai che adesso tutto sarà più semplice, per te, per Alice e anche per tutti noi» poi, per evitare che una notizia così bella generasse tristezze e malinconie, afferrò l'Alfio e, sorridendo, se lo portò in cucina.

«Per festeggiare, voglio prepararti il risotto come piace a te» disse e, dopo avergli scompigliato i capelli, con entrambe le mani, aprì l'armadio e tirò fuori il vaso con dentro i funghi secchi, pronti per essere messi a bagno.

Il sabato mattina, un'ora prima della partenza, che suo padre aveva fissato verso le 6, l'Alfio era già pronto, lavato, vestito e perfino sbarbato, cosa che ormai faceva sempre più di rado e soltanto quando sua madre glielo ricordava con insistenza.

Arrivarono a Lerici con un mare calmo e un sole che, così caldo, a San Fedele non si era mai sentito.

Il Basilio, come gli era stato indicato dal gerarca Lanfranconi, fermò l'auto davanti al numero 17 di via Biaggini, proprio di fronte al mare. Scese e andò a bussare alla porta di Eleonora Lanfranconi. Comparve una donna poco più che quarantenne, alta, occhi neri, capelli color corvino, stretti sulla nuca da un fiocco, il viso scurito dal sole e una giovialità che la rendeva immediatamente amabile e simpatica.

Eleonora aveva lasciato la Val d'Intelvi per sposarsi con un ligure, conosciuto in vacanza all'età di vent'anni, ma era rimasta vedova una decina d'anni dopo. Da allora aveva preferito continuare a vivere in riviera, ma, pur avendo avuto più di un pretendente, un marito nuovo non se l'era più voluto portare in casa.

«Voi immagino siate i signori Peduzzi!» disse con un sorriso ben invitante: «Entrate, entrate. Mio cugino Filiberto mi ha parlato del vostro arrivo, ma non pensavo così presto. Mi parlava dei prossimi giorni. Comunque siete i benvenuti. Purtroppo, Alice in questo momento è a letto, ma vado subito a chiamarla» e li fece accomodare in salotto.

Era un locale grande, con mobili antichi, tappeti, porcellane decorate sui ripiani, quadri dalle grandi cornici alle pareti e illuminato da grandi finestre che davano sul mare.

«Ma se Alice sta riposando non andate a disturbarla,» disse il Basilio «noi possiamo aspettare».

«No, non preoccupatevi! Quella pigrona è ora che scenda» e sparì.

Alfio era come immobilizzato. Non disse una parola, si lasciò sprofondare in una poltrona di pelle che c'era a ridosso della libreria e l'idea di rivedere Alice, dopo così tanto tempo, gli stava mettendo addosso una tale ansia che, d'un tratto, si alzò e uscì in strada, come se gli fosse venuta a mancare l'aria.

Non fece nemmeno in tempo a dare un'occhiata al mare e alle barche dei pescatori in secca, che Alice comparve sulle scale.

Il Basilio corse a richiamare l'Alfio e, quando fu in casa, appena alzò gli occhi verso di lei, rimase sconvolto: Alice non era più Alice!

Era dimagrita, aveva il volto scavato, lo sguardo segnato da due profonde occhiaie, i capelli scomposti, la pelle cerea, le mani ossute e, addosso, una camicia da notte che lasciava trasparire un corpo consumato.

Nessuno osò dire nulla e nessuno si mosse.

Lei scese lentamente le scale, tenendosi con entrambe le mani alla ringhiera e quando fu davanti all'Alfio cominciò a singhiozzare. Tentava di muovere le labbra, ma dalla bocca non le usciva alcuna parola.

Lui le prese il volto tra le mani e se lo strinse al petto.

«Ciao Alice» cominciò a balbettare con un filo di voce «sono felice di rivederti. Mi sei mancata tanto in questi mesi... Ogni giorno per me...».

A quel punto, però, Eleonora li raggiunse e, con tono baldanzoso, cercò di infrangere la cappa di sconforto che aveva ammutolito i due Peduzzi, e stava facendo a malapena farfugliare l'Alfio.

«Oggi è la prima di tante belle giornate» proruppe «e per dare il benvenuto ai nostri ospiti che vengono dalla montagna, chiederò al Tony di portarci del buon pesce fresco. Tu Alice, però, prima devi andare a farti bella! Su, che fra poco si va tutti a tavola».

E prendendola per una mano la riaccompagnò al piano di sopra.

«Una spazzolata ai capelli, un vestito pulito e anche un sorriso» si raccomandò, poi le sussurrò scherzosa: «Il tuo Alfio è bellissimo, Alice. Mi raccomando, un ragazzo così non fartelo scappare» e le stampò in fronte un tenerissimo bacio.

Eleonora ridiscese, accompagnò Alfio nella stanza accanto e lo invitò a vedere i modellini di barche da pesca costruiti per hobby dal marito e rimasti lì come cimeli.

«Se ce n'è uno che ti piace in modo particolare, te lo posso regalare,» gli disse «scegli tu quello che vuoi, eccetto questo però... che è l'ultimo costruito da Edoardo» e, teneramente, gli passò sopra una mano.

Lasciò l'Alfio alle prese con i modellini e si portò in disparte il Basilio e la Lina.

«Alice è in uno stato preoccupante di esaurimento nervoso,» raccontò loro a bassa voce «è stata visitata anche dal medico del paese e non ci ha per nulla rassicurati. È dimagrita di dieci chili, non vuole mai vedere nessuno, si rifiuta di uscire di casa, fatica a mangiare e passa intere giornate a letto. Io spero che il vostro arrivo e soprattutto quello di Alfio la possa rasserenare».

«Ma noi che cosa possiamo fare per lei?» domandò la Lina.

«Suo padre, dopo tante insistenze, ha accettato di lasciarla qui da me e ha permesso anche a voi di venirla a trovare e questo già le sarà di aiuto. Filiberto mi ha però ordinato di non ospitarvi, ma di farvi ripartire il giorno stesso. Io, se voi siete d'accordo, vi chiederei invece di restare almeno fino a domani. Una camera in più c'è. Poi decideremo il da farsi. Se voi avete necessità di tornare a Como, fatelo pure, ma sarebbe utile che almeno Alfio rimanesse qualche giorno in più qui con lei. Alice, in questo periodo, non ha fatto altro che domandare di lui. Chiede di Alfio e chiede del suo bambino».

I Peduzzi annuirono.

«Mio cugino Filiberto ha già fatto troppo male a questi ragazzi,» aggiunse «noi dobbiamo provare ad aiutarli» e senza aggiungere altro tornò in camera da Alice.

La Lina raggiunse il figlio che se ne stava nella stanza accanto, fingendo di osservare e apprezzare i modellini di barca. Era pensieroso e con lo sguardo perso.

«Alfio,» gli disse «Alice è malata, l'hai vista! È molto malata e ha bisogno di aiuto. Eleonora ci ha chiesto di restare almeno un giorno e lo faremo. Tuo padre domani dovrà per forza tornare a casa, ma noi ci fermeremo qui, fino a quando ce ne sarà la necessità. Dobbiamo fare di tutto affinché Alice stia meglio e dovrai essere soprattutto tu a darle una mano. Alice ha bisogno di te, Alfio! E solo tu potrai aiutarla a guarire».

Lui annuì e si lasciò sfuggire il primo sorriso.

Tutti convennero che quella sarebbe stata la scelta migliore e fu così che la domenica il Basilio riprese la strada per tornare a San Fedele Intelvi, ma la Lina e l'Alfio si fermarono a Lerici.

Ventisette

La lettera arrivata a casa di Filiberto Lanfranconi era di quelle che avrebbero potuto mandarlo su tutte le furie e persino indurlo a reazioni spropositate e prepotenti, come da una vita era solito fare con tutti.

Portava la data del 20 luglio 1937, aveva il timbro delle Poste di Lerici ed era firmata Eleonora.

Caro cugino Filiberto,

la tua decisione di portare Alice da me per qualche giorno è stata la scelta migliore.

Alice sta già meglio. Ha ricominciato a mangiare con appetito e tutti i giorni usciamo a fare delle passeggiate sul lungomare.

Nei giorni scorsi, poi, l'arrivo dei signori Peduzzi è stato per lei un momento di grande felicità ed emozione.

Io ho avuto modo di conoscere anche Alfio e mi è sembrato un bravo ragazzo, gentile nei modi, servizievole e soprattutto molto amabile con Alice.

Anche se non è quello che mi avevi raccomandato, mi sono permessa di chiedere alla signora Lina e ad Alfio di fermarsi qualche giorno in più, perché ho capito che ad Alice avrebbe fatto bene.

Hanno accettato e, credimi, Alice è un'altra persona. È come rinata. È tornata ad essere allegra, simpatica come l'avevo conosciuta anni fa a Schignano. Ha ripreso a mangiare tutti i giorni e non sapevo che le piacesse così tanto il pesce di mare.

Caro cugino, penso che sia giunto il momento di dimenticare il passato. Oggi la cosa più importante, anche per te, è la felicità di tua figlia.

Hai fatto la scelta giusta Filiberto.

Lascia pure che Alice resti da me ancora per qualche tempo, almeno fino a quando si sarà completamente ripresa e avrà messo su anche qualche chilo.

Ciao Filiberto, stai tranquillo che la tua Alice qui guarirà.

Dai un bacio a Elvira.

A presto.

Eleonora

E invece la lettera arrivata da Lerici ebbe l'effetto che nessuno si sarebbe mai aspettato.

Il Filiberto appena la lesse si commosse, la ripassò di nuovo, parola per parola e, per la prima volta, gli sembrò di provare dentro come una sorta di compassione per quella sua unica figlia e anche per quel mai sopportato di un Alfio.

Chiamò subito la sua Elvira e, cercando di ridarsi il tono autorevole, anzi autoritario, che da sempre lo contraddistingueva, trovò le parole giuste per assecondare i desideri della cugina, senza rimangiarsi o, peggio ancora, compromettere, il suo ben noto rigore.

«Elvira, ho ricevuto una lettera da Eleonora,» disse «lo sapevo che non avrei dovuto fidarmi delle promesse di nostra cugina. Le avevo dato ordine di rispedire a casa i Peduzzi il giorno stesso della loro visita e invece sono ancora a Lerici, compreso quel dannato di un Alfio. Ma va bene così. Mia figlia qui avrebbe avuto un vita miserabile. Prima o poi le voci, le chiacchiere e i pettegolezzi di paese ci avrebbero reso la vita impossibile. Peggio, ci avrebbero disonorati. E poi Alice, stando qui, forse si sarebbe persino lasciata morire, per colpa di quello sventurato e noi non avremmo potuto fare nulla».

Chiuse gli occhi, come a voler scacciare un'improvvisa paura, poi proseguì: «Che rimanga pure a Lerici. Staremo meglio tutti. Anzi, le comprerò quei due locali liberi che ci sono al piano di sopra e che sia finita. Sì, che non tornino più a casa, né l'una né l'altro. Che provino che cosa vuol dire la vita, senza i genitori che pensano a tutto e sborsano fior di soldi».

Si riempì un bicchiere di grappa, si accese un avanzo di sigaro e ordinò: «Portami un foglio, una busta e una penna».

L'Elvira lo assecondò senza fiatare e il Filiberto iniziò a scrivere.

Schignano 30 luglio 1937

Cara Eleonora,

ho ricevuto la tua lettera e mi impongo di non commentare le scelte da te fatte, contravvenendo alle mie disposizioni, che mi pareva fossero state più che chiare.

Mi astengo, perché la cosa più importante è che Alice stia bene e se non ti è di troppo peso, ti potrò essere grato se continuassi ad avere cura di lei.

Non voglio però approfittare della tua bontà, anzi desidero evitare che lei ti sia d'impaccio e soprattutto non intendo gravare sulle tue finanze. Per questo, sappimi dire che cosa costano quei due locali, già ammobiliati, che ci sono sopra il tuo appartamento. Provvederò immediatamente a comperarli e Alice potrà andare a stare lì.

Nel frattempo, fino a quando non avrà trovato un lavoro per mantenersi, penserò io a inviarle, ogni mese, i soldi necessari per i suoi bisogni.

Per quanto riguarda poi i Peduzzi e soprattutto quell'irresponsabile di un loro figlio, al quale nulla perdonerò mai, sappi che io non li considero esistenti, né nella tua vita, né in quella di mia figlia.

Stammi bene Eleonora e di qualunque cosa tu abbia bisogno per il bene di Alice, non farti scrupolo a chiedermelo.

Ciao.

Filiberto

Appena Eleonora ricevette la lettera, corse da Alice, che si stava preparando per andare al mare insieme ad Alfio e alla Lina.

«Mi ha scritto tuo padre» le disse e la foga era tale che le si accavallavano le parole: «Alice, mi ha scritto tuo padre e dice che potrai restare qui da me fino a quando vorrai».

Cominciò a leggerle la lettera e, appena la concluse, aggiunse: «E se qui puoi starci tu, terremo qui anche Alfio».

L'Alice si irradiò. Non le si era mai disegnato in volto un simile sorriso e seguitava a baciarla e ad accarezzarla e a ringraziarla e a pronunciare parole di felicità.

«L'appartamento qui sopra sarà tuo e, quando andrete a vivere insieme, vedrai che potrete ricostruirvi una vita» aggiunse.

Alice si allontanò di scatto.

«Voglio che lo sappia anche lui, voglio che lo sappia subito» e corse a cercare Alfio che si stava cambiando nell'altra stanza.

I due tornarono radiosi in volto e seguitavano a tenersi stretti l'uno all'altra e a guardarsi teneramente, come se la vita stesse regalando loro il sogno che avevano sempre rincorso. Anche la Lina era felice e quella mattina il mare dovette aspettare.

Tutti insieme andarono infatti dal fornaio che aveva il suo negozio proprio nella piazza principale del paese.

«Questi miei parenti di Como sarebbero interessati al vostro appartamento che avete sopra casa mia,» gli disse Eleonora «se per voi è un disturbo e se vi fidate, li posso accompagnare io a vederlo, poi vi faremo sapere se l'affare si può concludere».

Il fornaio che non vedeva l'ora di chiudere tutto e andare a riposare, dopo l'intera notte a sfornare pane, non ebbe alcuna esitazione.

«Ecco qui le chiavi, se il posto vi garba, stasera mi farete sapere» e li congedò.

I quattro andarono a vedere i locali, ma prima ancora di entrare, facevano già a gara nel dire che sarebbero stati perfetti. Con quella vista sul mare, in un paese così bello della Riviera e con l'Eleonora al piano di sotto, non ci sarebbe stato motivo per non trasferirsi lì già il giorno successivo.

Entrarono. La sala aveva tre finestre che davano sul mare, un grande tavolo di legno grezzo nel mezzo, con quattro sedie, una credenza in noce con i vetri scorrevoli e, sulle pareti, dei quadri ad acquarello con scene di pesca. La stanza aveva un letto in ferro battuto lavorato, già con materasso e cuscini, e due poltroncine imbottite, messe a fianco del comò, intarsiato con legni diversi. La piccola cucina era rifornita di piatti, stoviglie e nei cassetti dell'armadio c'erano delle vecchie tovaglie di lino.

«Sarà bellissimo vivere qui» disse Alice stupita e, prendendo le mani di Alfio tra le sue, aggiunse: «Sarà la nostra prima casa! Non mi sembra vero! Vivremo qui insieme».

Poi si fece d'improvviso triste.

«E il nostro Zeno? Dove sarà adesso il nostro Zeno?» singhiozzò.

A quel punto, però, Eleonora li strinse entrambi tra le sue braccia e li portò davanti alla finestra sul lungomare.

«Alice, basta pensieri tristi,» le disse «oggi è il giorno in cui bisogna ricominciare a vivere. Adesso dovete pensare a stare bene voi e soprattutto tu devi rimetterti in salute. Devi ritornare a essere bellissima e lo devi fare per il tuo Alfio».

E al sentire quelle parole i due si baciarono. Era la prima volta, con la Lina e l'Eleonora che li stavano a guardare.

Il sabato successivo, il primo di agosto, il Basilio arrivò, come promesso, a Lerici.

Restò con loro per tutto il giorno, poi la mattina della domenica ritornò a San Fedele Intelvi, ma in auto, con lui, c'era soltanto la Lina.

Per Alice e Alfio stava iniziando una nuova vita, quella che avevano sempre sperato, fin dal giorno del loro primo amore al Carnevale di Schignano.

Ventotto

«Vi porto a Siena».

Eleonora svegliò i ragazzi con quella sorpresa. Adesso che Alice aveva cominciato a rimettersi in salute e la vicinanza di Alfio le aveva ridato entusiasmo e voglia di vivere, era possibile lasciare Lerici e trascorrere qualche giorno in un luogo diverso.

Alice era raggiante, perché finalmente avrebbe cominciato a dimenticare il peso dei troppi mesi chiusa in casa, prima a Schignano e ora a Lerici.

Alfio era addirittura entusiasta, perché non vedeva l'ora di passare un fine settimana viaggiando sulla Fiat 518 Ardita di Eleonora.

L'aveva vista in garage il primo giorno del suo arrivo ed era rimasto incantato. Era persino più bella della lussuosa Balilla di Filiberto, troppo nera e troppo triste, e di sicuro più elegante e confortevole dello scomodo furgone con il quale era solito muoversi in Valle d'Intelvi con papà Basilio.

«Sì, vi porto a Siena e poi andremo a trovare dei miei amici che vivono in un podere in Val d'Orcia,» disse loro Eleonora «staremo via tre giorni e vedrete dei posti incantevoli».

Era tale la voglia di partire, che tutti prepararono le borse addirittura con due giorni di anticipo. La mattina di domenica 15 agosto, con il sole che stava sorgendo, tingendo di rosso il mare, l'Ardita di Eleonora era già carica e Alfio e Alice pronti sulla porta da una buona mezz'ora.

Ci vollero più di sei ore per arrivare a Siena, ma quando di fronte a loro si aprì Piazza del Campo, gli occhi di tutti si illuminarono: la vastità della piazza, i palazzi merlati e le bandiere delle contrade che sventolavano dalle finestre, erano uno spettacolo che toglieva il fiato.

Il giorno successivo si sarebbe disputato il Palio e la città era in fermento da settimane.

Nei vicoli si udivano gli uomini scommettere sul cavallo del proprio rione e le donne presagire sconfitte, mandando maledizioni ai fantini delle contrade avversarie.

Entrarono in una vecchia bettola a due passi dalla Torre del Mangia e i due ragazzi si divertirono un mondo a sentire i vecchi del posto discutere e persino litigare sulla corsa dei cavalli.

«Questo agosto fa il bis il Drago» gridava l'oste «e se succede, domani sera un giro di vino lo offro io a tutti quanti».

«E allora ci toccherà pagarlo, spilorcio! Messo peggio del Drago non c'è nessuno!».

«Stavolta, invece, ci scommetto tutta una bottiglia che arriva prima la Tortuca. Santamadonna è dal '33 che non vince!».

«E allora hanno la precedenza quei malmessi della Pantera. Sono più di dieci anni che restano a bocca asciutta!».

E così, ogni volta che gli avventori raccontavano le gesta o le disavventure delle varie contrade, Eleonora, grande appassionata e persino studiosa del Palio di Siena, si infervorava a spiegare ai due ragazzi storie, aneddoti e leggende su fantini, stemmi, bandiere e tipici costumi.

Era un mondo mai visto, fatto di tanta gente in strada, di colori, di allegria e il giorno successivo, quando in Piazza del Campo sfilò il corteo storico con mazzieri, sbandieratori, vessilli, paggi, trombettieri e tamburini al seguito, Alice rimase estasiata.

Quell'anno, alla faccia di tutti i pronostici sentiti in trattoria e anche in barba a quello di Alfio che, per gioco, aveva scommesso un panpepato sulla vittoria della Torre, il Palio del 16 agosto lo vinse invece la contrada della Civetta e infiammò un tale entusiasmo che i tre si lasciarono trascinare dalla foga della festa fino a tarda sera.

La mattina successiva, dopo una notte praticamente insonne per le danze e i canti che si erano scatenati anche a due passi dalla locanda dove i tre avevano trovato alloggio, partirono alla volta della Val d'Orcia.

«Andremo a visitare due paesi,» aveva raccontato Eleonora mentre percorreva strade sterrate, tra vigneti e distese di girasoli «prima ci fermeremo a Rocca d'Orcia, un borgo di origini medievali, con una fortezza antichissima e poi andremo a vedere l'abbazia di Altavigna perché proprio lì, nei pressi, c'è il podere Giannetti dove abitano quegli amici miei che si sono trasferiti da Lerici alcuni anni fa. Sicuramente ci ospiteranno per la notte».

Era una giornata di sole cocente, con le terre intorno arse dalla calura. A mano a mano che l'Ardita procedeva, lasciandosi alle spalle nuvole di polvere bianca, dietro a ogni balza si aprivano infiniti spazi e terreni sconfinati, interrotti solo, di tanto in tanto, dalle macchie di colore delle fattorie, o dai filari dei cipressi, lungo i viali che portavano ai poderi. Erano immagini e panorami così diversi, da quelli stretti tra le montagne, che a ogni curva e a ogni mutare di paesaggio, sia Alfio, sia Alice si abbandonavano in commenti entusiasti, pervasi di meraviglia.

Fu tutto un viaggio così, come se in quel giorno nascesse per loro un mondo nuovo e un nuovo modo per vivere. Si divertirono a camminare nei ruscelli di acqua calda alle terme di Bagno Vignone, si rincorsero nei boschi attorno alla massiccia torre di Rocca d'Orcia e poi anche dentro i vicoli stretti del borgo medievale.

L'arrivo al monastero di Altavigna, fu però il momento più sorprendente.

Scendendo dalla collina lungo strade strette e tortuose, l'abbazia apparve loro come un'enorme fortezza, chiusa sui quattro lati da un muraglione possente. Eleonora arrivò con l'auto fino all'ingresso della basilica, un portone di legno imponente con delle figure di santi scolpite dentro cornici quadrate e con due colonne di marmo bianco sui lati.

«Questa è una delle più belle abbazie esistenti, ci vivono una cinquantina di monaci e all'interno della chiesa c'è anche la statua di una Madonna miracolosa. È a lei che voglio affidare le vostre vite, perché meritate di tornare ad essere felici».

Afferrò con la mano il grosso anello di bronzo e il portone si aprì.

Immediatamente, dall'interno uscì un suono d'organo e voci di monaci che cantavano in coro. Alfio e Alice si guardarono stupiti. Non avevano mai sentito una melodia così dolce, né erano mai entrati in una basilica così maestosa.

Dai vetri dell'abside filtravano gli ultimi raggi del sole, che stava tramontando dietro le colline. I riflessi disegnavano sui muri una luce rosacea, che ravvivava i colori tenui degli affreschi e faceva risaltare le alte colonne di pietra.

Sul fondo, verso l'altare maggiore, si vedeva il luccichio dei ceri accesi che, a mano a mano che il sole perdeva di vigore, proiettavano ombre sempre più nette sugli scranni lignei del coro.

La musica gregoriana seguitava con le stesse identiche cadenze e anche le voci ripetevano toni sempre uguali. Era come un rincorrersi dentro un'unica armonia, che permeava tutta la basilica e si perdeva fino negli angoli più lontani, per poi tornare più soave con l'eco.

Era un altro mondo. Nessuno osò più fiatare.

La cappella con la statua della Madonna miracolosa era poco più avanti, ma dovette aspettare a lungo prima di vedere un cero nuovo accendersi.

Eleonora, vedendo i due ragazzi attenti e incantati da quello spettacolo di suoni e di luci, non diede cenno di volersi muovere e tutti e tre attesero la fine della liturgia.

Dopo oltre mezz'ora l'organo si acquietò. I monaci, tutti insieme, fecero un profondo inchino alla croce che stava nel mezzo poi, uno a uno, sparirono dietro una porticina stretta che stava seminascosta sul fondo del coro.

Fu a quel punto che Eleonora raggiunse la cappella dei miracoli e i due la seguirono.

Erano estasiati, ma anche confusi, perché colti di sorpresa da un'atmosfera che mai si sarebbero aspettati dentro un luogo così diverso e mai visto.

«Madonna di Altavigna» disse sottovoce Eleonora «custodisci le vite di questi ragazzi» poi prese un grosso cero bianco da una cassa di legno, lo accese e si inginocchiò.

La sentirono bisbigliare parole incomprensibili, poi la videro sollevare lo sguardo in alto, verso una statua scura, con tanti lumini accesi intorno.

Pochi minuti, poi lei li prese entrambi per mano e uscirono sul piazzale deserto.

«Ma chi sono quegli uomini vestiti di nero? E che ci fanno qui?» domandò incuriosito Alfio.

«Sono monaci,» fu la risposta «monaci benedettini. Hanno scelto di vivere insieme dentro questa abbazia e tutto il giorno non fanno altro che pregare e lavorare. Vengono sette volte al giorno in questa basilica, cantano e poi vanno ognuno al proprio lavoro, nelle stalle, nei campi, nelle vigne. Qualcuno alleva anche api, altri restaurano libri antichi, altri coltivano erbe medicinali».

Alfio la guardava stranito.

«È la vita dei monaci,» proseguì Eleonora «hanno scelto così. Non escono mai, non incontrano nessuno e quando muoiono vengono sepolti sotto quella pietra più chiara che c'è là, nel mezzo della chiesa. Qualcuno dice che tra loro ci siano anche dei santi, dei guaritori e persino dei veggenti, che durante la preghiera vanno in estasi e parlano con Dio».

Alfio era incantato, Alice sbigottita. Eleonora, però, non lasciò che altre domande impensierissero i loro volti. Si avviò decisa verso l'auto e li distrasse con un: «A pochi passi da qui, a Montalcino c'è il podere Giannetti, dei miei amici Elena e Franco. Basta chiese e preghiere, adesso andiamo a incontrarli e vedrete come è bella la loro fattoria immersa nel verde! Soprattutto preparatevi a mangiare in abbondanza e anche a bere un buon bicchiere di vino. Da queste parti lo sanno fare bene e, anche se voi siete ancora tanto giovani, uno strappo questa volta si può fare».

E mise in moto l'Ardita, mentre già il buio stava oscurando la valle dell'Orcia.

* * *

Sebastiano chiuse le memorie di fratello Erasmo che aveva tra le mani e raggelò.

Suo padre Alfio e sua madre Alice, più di quarant'anni prima, quando di anni ne avevano appena 18, erano entrati proprio nel monastero dove lui, adesso, stava andando a cercare notizie su di loro, scovandole dentro i diari di un monaco.

Uscì dalla cella, attraversò il chiostro del Dragone ed entrò in chiesa. Non c'era nessuno a quell'ora ormai tarda della sera. Attraversò tutta la navata principale e raggiunse la cappella della Madonna. Si fermò davanti e non tolse più gli occhi dall'inginocchiatoio, quasi a voler rivedere la scena appena letta sui fogli invecchiati di fratello Erasmo.

Suo padre e sua madre erano stati proprio lì e i pensieri cominciarono a vagare, tra apprensioni e paure, in una sorta di turbinio di sensazioni incontrollate, che anziché svelargli i misteri della sua vita passata, gliela stavano scombussolando.

Fece pochi passi e raggiunse la lapide chiara che stava sul pavimento nel centro della navata.

Fissò lo sguardo sull'incisione che recava il nome di padre Anselmo, poi quella di fratello Erasmo e rimase lì immobile per molto tempo.

Si inginocchiò e passò la mano destra sul nome dell'uno e poi su quello dell'altro, quasi a voler chiedere a loro di illuminargli la mente e aiutarlo a capire quanto ancora di oscuro c'era nella storia misteriosa della sua esistenza.

Ventinove

Dopo la notte insonne a Siena, quella trascorsa al podere Giannetti di Montalcino li aveva completamente ritemprati e, quando il sole aveva ormai illuminato anche gli angoli più nascosti dietro le colline della Val d'Orcia, Eleonora portò le borse in cortile e preparò l'auto per il rientro.

«Voglio essere a Lerici prima che faccia buio e soprattutto prima che cambi il tempo,» disse all'amica Elena che insisteva perché rimanessero almeno fino all'ora di pranzo «non mi piace viaggiare dopo il tramonto e il vostro fattore mi ha anche detto che prima di sera verrà il temporale».

I saluti si protrassero per un po', perché il Franco, dopo aver rabboccato il serbatoio dell'Ardita fino all'orlo, volle anche andare nel pollaio a raccogliere sei uova fresche da regalare a Eleonora, insieme a due salami di cinta senese e si preoccupò pure di riempire le tasche di Alfio con delle nocciole del bosco e la borsa di Alice con due sacchetti di farina di carrube.

«Quando vi sposerete, promettetemi che in viaggio di nozze passerete da qui» disse loro la Elena con tono benaugurante. Il Franco, scherzando, si raccomandò invece con l'Alfio: «Ragazzo mio, non avere fretta di fare quel passo, sei ancora così giovane! E poi, le donne appena si sposano cambiano! Ah sì come cambiano!». E, incurante delle occhiatacce dell'Elena, la aiutò a caricare le borse sull'automobile.

L'Ardita uscì dalla fattoria quando le campane della chiesa di Montalcino suonavano già i dieci rintocchi.

«Quando ci sposeremo verremo davvero a trovare questi tuoi amici?» domandò sorridente l'Alice.

«Ma certo! Però non con me, ci verrai da sola con il tuo Alfio. Si sarà preso anche lui una bella automobile e andrete dove vorrete».

Alice si voltò verso l'Alfio, che stava seduto sul sedile posteriore già intento a schiacciare la prima nocciola, e gli accarezzò i capelli.

Poi si fece d'un tratto triste.

«Alfio, io voglio andare a cercare nostro figlio Zeno,» gli disse trattenendogli le mani tra le sue «mio padre da qualche parte deve pur averlo portato. Non diremo nulla a lui, ma io voglio andare a cercarlo. Io sono sua madre e tu sei suo padre. Nessuno potrebbe rifiutarsi di ridarci nostro figlio».

«Lo faremo, Alice» fu la risposta immediata e rassicurante «ci faremo aiutare anche da mio padre e da un suo amico potente e vedrai che riusciremo a sapere dov'è il nostro Zeno».

Per Alice, il pensiero di quel figlio rubato era diventato un'angoscia che non l'abbandonava mai e non bastavano certo la Liguria, il mare, le premure di Eleonora e pur anche l'amore ritrovato di Alfio a cancellarglielo. Era un dolore scolpito nell'anima che la stava consumando e soprattutto le stava uccidendo ogni sogno e qualunque serenità per il futuro.

«Io voglio ritrovare mio figlio, sono pronta a cercarlo ovunque,» seguitava a ripetere «io voglio il mio Zeno. L'ho avuto tra le braccia soltanto per due mesi» e a quel punto il respiro le si fece talmente ansimante e le parole così trafelate, che Eleonora fermò l'auto sul bordo della strada e provò a calmarla.

«Alice non serve a nulla disperarsi così,» le disse accarezzandola «stasera arriveremo a casa e nei prossimi giorni ti prometto che ti accompagnerò a Como a cercare il tuo Zeno. Adesso però rasserenati, parlarne così non serve ad altro che a stare male».

In quei pochi giorni insieme, Eleonora aveva imparato come aiutare Alice a superare i momenti di sconforto e di disperazione e di lì a poco, infatti, si calmò e ripresero il viaggio verso Lerici.

Dopo pochi chilometri tornò persino a sorridere ed Eleonora, per distrarla, le fece addirittura raccontare come avrebbe voluto che fosse il giorno del suo matrimonio.

«Mi piacerebbe sposarmi a San Fedele, nella chiesetta di San Zeno in un giorno di primavera, con tutti gli alberi in fiore. E poi vorrei anche una carrozza con i cavalli, per girare tutti i paesi della valle. E un vestito lungo bianco, con i pizzi che sa fare la nonna» e sorrideva felice, immaginando il giorno delle sue nozze.

«Ma anche Alfio deve essere vestito bene!» aggiunse scherzando: «Non vorrai per caso venire in chiesa vestito così! No, no! Quel giorno ci vuole la camicia bianca tutta inamidata e il farfallino rosso. La mamma nel cassetto ce l'ha un farfallino rosso. È del nonno e il papà non l'ha mai voluto mettere».

«Ma Alice che cosa racconti?» intervenne contenta Eleonora: «Per il giorno del matrimonio il cravattino non può essere rosso. Ci vuole per forza un papillon nero, proprio nero!».

«Ah beh! Allora di quelli a casa ce ne sono tanti» e riuscì a far ridere anche l'Alfio.

Erano tornati felici e più fantasticavano il giorno delle nozze e più i loro volti si rasserenavano.

Ore di viaggio così, di nuovo spensierati, come lo erano stati nei giorni in Toscana e soprattutto con la voglia di sognare un futuro che avrebbe finalmente regalato loro il piacere di stare insieme.

Stava cominciando a tramontare il sole e, avvicinandosi al litorale ligure, il cielo si fece sempre più cupo, con nuvole nere che presagivano pioggia, proprio come aveva pronosticato il fattore di Montalcino.

«Però, ragazzi, fra poco saremo a casa e allora potrà piovere fin che vuole» disse Eleonora.

In quell'attimo, si voltò verso Alice e fu solo per il tempo di un sorriso.

Tanto bastò. L'auto ebbe un sobbalzo brusco, poi una sterzata violenta e la fiancata dell'Ardita andò a sbattere contro un paracarro di sasso.

Attimi. E l'Ardita cominciò a rotolare giù dalla scarpata verso il mare.

Alfio sbarrò gli occhi, Alice lanciò un urlo e poi fu solo un fragore di lamiere e colpi e urla di terrore.

Dal casolare vicino, un contadino appena tornato dai campi, al sentire quel rumore, accorse e riuscì soltanto a vedere l'auto capovolgersi per l'ultima volta e fermarsi fumante tra le rocce della scogliera.

«Presto, presto, venite qua e portate delle corde» gridò ai garzoni che stavano sistemando i trattori. Accorsero tutti e i più giovani cominciarono a calarsi dal dirupo, portandosi appresso delle funi.

«Fate presto, Dio santo!» gridò il più vecchio che non poteva fare altro che starsene lì a guardare: «Fate presto che c'è gente in quella macchina!».

Il più agile riuscì ad arrivare nei pressi dell'Ardita capovolta in pochi minuti. Si avvicinò, guardò oltre i vetri frantumati, poi voltandosi gridò: «Sono vivi! Sono vivi! Venite giù con una barella, che da qui vanno portati via!». Due ragazzotti andarono a prendere una sorta di slitta, di quelle che servivano per trainare le balle di fieno, fatta di tronchi tenuti insieme da corde e fili di ferro intrecciati.

Di lì a poco scesero in quattro, facendo scivolare a valle la barella, già legata a una fune e la cui sommità era stata fissata a un paracarro della strada.

«Sono in tre!» gridò il giovane dal fondo e subito venne dato ordine di cercare altre due slitte.

Arrivò gente anche da una fattoria vicina e fu un gran correre e un gran darsi da fare, tra chi si calava tra le rocce e chi preparava le corde per portare a valle le altre due slitte e tirare in strada i feriti.

«Ma qualcuno vada anche a Lerici a chiamare il dottore. Che di lui c'è bisogno di sicuro!».

Un vecchio corse a prendere un camioncino e si diresse verso il paese, che da lì distava appena pochi chilometri.

Si stava facendo buio, cominciava a piovere e, da lontano, si vedevano anche dei lampi di temporale. Dalla fattoria arrivarono con delle lanterne a petrolio. Due le lasciarono sul bordo della strada, altre tre le portarono a valle.

Da giù salivano, di tanto in tanto, dei lamenti e spesso anche delle grida, probabilmente ogni volta che qualcuno tentava di muovere i feriti incastrati tra le lamiere.

«Portate delle bende e delle stoffe» gridarono da sotto «ma fate presto, che qui stanno perdendo sangue!».

Era un continuo sali e scendi e l'agitazione era tale che spesso c'era chi si prendeva anche a male parole e succedeva sempre più di frequente, ogni volta che qualcuno pensava di saperne più di altri su quel che c'era da fare e vedeva gli altri comportarsi in modo ritenuto sbagliato.

Dopo un buon quarto d'ora, spuntarono i fari del camioncino. Indirizzò le luci sulla scarpata e il medico, non più tanto giovane, venne legato in vita con una corda e aiutato a scendere.

«Fate presto Madonna! Che qui stanno male!» gridarono da sotto.

Il medico arrivò davanti all'auto squassata. Gli alzarono due lanterne e vide tre corpi stretti dalle lamiere contorte.

Passò la mano sulla fronte di ognuno.

«Presto, strappate queste lamiere e tirateli fuori che sono ancora tutti vivi!».

Gli uomini legarono con delle corde i pezzi di auto e cominciarono a tirare. E ogni volta che una lamiera si muoveva, qualcuno lanciava urla di dolore.

Mentre gli uomini cercavano di liberare i tre, il medico bendava con degli stracci le ferite, per cercare di fermare il sangue che usciva.

Ci volle una mezz'ora per riuscire a liberare i corpi di Eleonora, di Alice e di Alfio e adagiarli sulle rocce.

«Vanno messi sulle barelle e portati subito in strada,» disse il medico «bisogna fare presto e che qualcuno vada anche a chiamare una lettiga».

Partirono in due con la lanterna che lanciava bagliori sinistri sulle rocce, cosparse di pezzi di auto.

Stava piovendo a dirotto e in cielo i lampi squarciavano il buio della notte.

I tuoni si erano fatti così forti e frequenti, che ormai riuscivano a coprire sia i lamenti, sia le voci dei soccorritori e anche le preghiere di chi non poteva fare altro che guardare e sperare.

«Coraggio Alice» sussurrò Eleonora «sono arrivati ad aiutarci e adesso ci porteranno via. Vero Alfio che ci porteranno via?».

«Siamo ancora vivi, siamo ancora vivi,» bisbigliò «dobbiamo resistere ancora per un po' e poi saremo in salvo».

Alice, però, si voltò verso il viso di Alfio, che gli stava sdraiato di fianco poi reclinò la testa all'indietro.

Il medico con una mano le afferrò il polso e con l'altra le sollevò il capo.

«Non lasciarti andare bambina, non lasciarti andare,» seguitava a ripetere «non lasciarti andare che adesso ti portiamo via da qui» e cercava in tutti i modi di rianimarla.

Lei si aggrappò alla mano di Alfio e lo guardò.

«Alfio,» gli disse con un filo di voce «Alfio, vai tu a cercare il nostro Zeno! Cercalo per me e digli che l'ho amato tanto».

Non riuscì a dire altro. Poi soltanto un ultimo respiro strozzato.

E chiuse gli occhi.

* * *

Sebastiano, nella sua cella, scoppiò in lacrime.

Chiuse le memorie di fratello Erasmo e se le strinse al cuore, come a voler abbracciare quella madre che non aveva mai conosciuto e che ora non avrebbe nemmeno mai più potuto incontrare.

«Mia madre non mi ha abbandonato,» borbottò tra le lacrime «mia madre mi ha amato e pensato fino all'ultimo istante della sua vita e, se non fosse morta, sicuramente sarebbe venuta a cercarmi».

Poi, un pensiero cominciò ad angustiarlo.

"Ma perché mio padre Alfio non l'ha fatto, come la mamma gli aveva chiesto in punto di morte? O se l'ha fatto, perché non siamo mai riusciti a incontrarci?".

Quel cruccio struggente gli si trasformò in una tale ansia che, quella sera, non volle leggere altro.

Si sdraiò e i riflessi di luna, sulle imposte delle finestre, lo accompagnarono in un sonno tormentato.

Trenta

Tre giorni dopo, per volere del gerarca Filiberto Lanfranconi, la sua unica figlia Alice, venne sepolta nel piccolo cimitero di Lerici.

Dietro la bara, portata a spalla dai contadini che l'avevano soccorsa, lui però non c'era. Ad accompagnarla, soltanto la madre Elvira, sorretta dallo zio Fausto e dalla zia Elsa. Appena dietro il Basilio e la Lina, con in mano un fiore bianco. Era quello di Alfio che, quel giorno, e per altri sessanta giorni, dovette restare immobile, come Eleonora, dentro un letto dell'ospedale di La Spezia.

La settimana successiva, al capezzale di Eleonora si presentò il fornaio di Lerici.

«Mi devo scusare signora» disse titubante «vi chiedo perdono se in un momento del genere mi trovo costretto a parlare di questioni… Ecco, insomma» proseguì più esitante che mai «il signor Lanfranconi mi ha mandato a dire di vendere l'appartamento che aveva comperato da me, perché adesso che la sua povera figlia... Però forse il signor Alfio invece vorrebbe... Insomma sono molto in imbarazzo, ma mi ha detto di vendere e mi ha fatto anche dire che manderà presto qualcuno a prendere i soldi. Insomma ditemi voi che cosa posso fare per togliermi d'impaccio, senza mettere in difficoltà voi, ma nello stesso tempo...».

«Fate come vi ha detto il signor Filiberto,» fu la risposta decisa «la vicina di casa ha le chiavi del mio appartamento. Entrate e sulla credenza della cucina troverete il mazzo che apre la porta del piano di sopra. Togliete pure tutto quello che non è vostro e accatastatelo nella mia cucina. Il signor Alfio, quando usciremo da qui, starà a vivere da me. Non preoccupatevi...» e, dolorante per le già troppe parole pronunciate, lo liquidò, senza aggiungere altro.

La permanenza dei due in ospedale si protrasse per oltre tre mesi. Eleonora si era ritrovata con una gamba malamente rotta, una spalla altrettanto, una ferita profonda sulla fronte e lividi e contusioni su tutto il corpo. Alfio, invece, una doppia frattura al braccio sinistro, un paio di costole incrinate, una vertebra che gli causava dolori incredibili ogni volta che si muoveva e, quel che più preoccupava, gli effetti di un'emorragia interna che non smetteva di tenere in allarme i medici.

Dolorosa e sfiancante la permanenza all'ospedale, ma ancor più difficoltosa la convalescenza in casa. Durò quasi quattro mesi e non ce l'avrebbero mai fatta a rimettersi in piedi, se non ci fossero state la moglie del panettiere e la vecchia fioraia del porto. Tutti i giorni, o l'una o l'altra, li andavano a trovare. Tutte le settimane provvedevano a fare loro la spesa e ogni mezzogiorno si premuravano di mettere qualcosa da mangiare sul fuoco. Anche la Lina e il Basilio di tanto in tanto si trasferivano a Lerici per stare vicini al figlio e non far mai mancare un fiore sulla tomba della povera Alice.

A metà marzo, sette mesi dopo l'incidente, Alfio uscì per la prima volta dalla casa di Eleonora e i suoi primi passi, con lei al fianco e due bastoni che lo sorreggevano, non poterono che prendere la direzione del cimitero.

Entrarono e, sul fondo, al termine di un filare di cipressi, c'era una piccola lapide bianca. Nessuna fotografia, ma soltanto il nome Alice inciso sul marmo e la data, 18 agosto 1938. Null'altro.

L'Alfio si accasciò al fianco della pietra fredda e vi appoggiò un mazzo di primule e narcisi. Poi solo un pianto a dirotto, che l'Eleonora non provò nemmeno a fermare.

Lei, che di quell'incidente portava nel cuore un senso di colpa così profondo da averle cambiato la vita, seguitò comunque a consolarlo, a tenergli una mano sulla spalla e ad accarezzagli teneramente il viso.

Appena l'Alfio fece per alzarsi, lei tolse dalla borsa un sacchetto di stoffa nero. Lo aprì e fece scivolare nella sua mano destra il pezzo di braccialetto di Alice.

«Questo me l'ha consegnato uno dei contadini che ha soccorso la tua Alice,» gli disse «era l'unica cosa che aveva nella tasca e l'ho conservato fino a oggi».

L'Alfio si sentì rabbrividire. Mise una mano nel portafoglio e tolse l'altra parte del braccialetto.

«Si è spezzato la prima volta che ci siamo amati a Schignano, durante il Carnevale,» sussurrò tra i singhiozzi «da quel giorno ne abbiamo tenuto un pezzo per uno».

Li unì nel punto di rottura e li baciò, piangendo.

«Questo sarà il più bel ricordo di Alice» e lo appoggiò per qualche attimo sulla scritta della pietra bianca.

Poi Eleonora lo prese per mano e lo portò via.

«Alfio, fino a quando tu vorrai, potrai restare qui da me,» gli disse Eleonora, appena rientrarono a casa «il papà di Alice ha dato disposizione di mettere in vendita il vostro appartamento, ma qui c'è posto anche per te. Se non vuoi allontanarti dalla tua Alice, io ti posso ospitare» e andò in cucina a mettere sul fuoco una minestra calda.

«Mi farebbe piacere restare vicino a lei ancora per qualche tempo poi, però, prima di tornare a San Fedele, vorrei andare di nuovo al monastero di Altavigna. Tu non lo sai, ma è lì che Alice mi ha chiesto di sposarla. Posso andarci anche da solo… ci sarà pure un treno, che va da quelle parti».

«Per arrivare in Val d'Orcia, senza l'auto, l'unico modo è chiedere che ti accompagni qualcuno che già ci deve andare» gli rispose Eleonora: «Io so che, una volta al mese, passa di qui un facoltoso commerciante di vini di Genova, tal Aleandro Parodi che, con il suo camion, scende nella zona di Siena per fare il carico di damigiane. Possiamo domandare a lui, quando avrai deciso di partire».

«Ci voglio andare il prima possibile» fu l'immediata risposta.

«Allora, nei prossimi giorni andremo a chiedere alla locanda del Senatore. Loro sanno di sicuro quando arriverà, perché di solito si ferma proprio a dormire da loro».

La settimana successiva si presentarono alla vecchia trattoria e l'oste, dando un'occhiata al calendario appeso al muro, sbottò: «Maledizione! Il Parodi arriva proprio stanotte e non gli ho preparato la sua solita minestra di fagioli» e, voltandosi verso la cucina, gridò: «Maria, metti sul fuoco la minestra dell'Aleandro, che fra due ore è qua».

Poi diede di nuovo retta all'Eleonora: «Quando arriva, di solito è sempre di luna storta, mangia un piatto e poi va subito a dormire, perché poi parte all'alba. Proverò a parlargliene. Voi presentatevi qui domani mattina presto, prima delle 5. Se gli va bene vi porta, altrimenti dovrete trovarvi qualcun altro».

I due tornarono a casa e mentre l'Alfio, senza alcuna esitazione, cominciò a preparare lo zaino per partire, l'Eleonora, preoccupata per quel lungo viaggio, cercò di trattenerlo: «Alfio, forse non è prudente che tu parta già domattina. Potresti farlo il mese prossimo. Forse dovresti riposarti ancora per un po' e poi sono anche in pensiero per la brutta tosse che hai da quasi una settimana! Non vorrei che ti si aggravasse con la fatica del viaggio».

L'Alfio non l'ascoltò neppure e seguitò a preparare le sue cose.

«Alfio mi stai a sentire?» insistette: «Non c'è nessuna necessità che tu parta proprio domani!».

Ma le insistenze di Eleonora non sortirono alcun effetto.

Il giorno successivo, l'Aleandro Parodi lasciò la locanda del Senatore quando ancora era buio. Come ogni mese, la destinazione era Siena, ma quella volta, sul suo camion carico di damigiane vuote, c'era anche l'Alfio.

«Ragazzo» gli disse appena ebbe messo in moto «che cosa ci vai a fare in Val d'Orcia, tutto solo, alla tua età? Non vorrai cominciare anche tu a commerciare in vino!».

«Voglio andare nel monastero di Altavigna».

«Altavigna? E dove sarebbe? Io, di monasteri, non sono pratico!».

«È nella zona di Montalcino».

«Oh giovanotto! Ma a Montalcino non bisogna visitare i monasteri. Bisogna andare nelle cantine. Lì, fanno del vino buono. Meglio ancora di quello che vado a prendere io a Siena».

Ma proprio in quel momento il camion transitò nel tratto di strada dove l'Ardita dell'Eleonora era finita nel burrone.

L'Alfio chiuse gli occhi e non disse più una parola.

«Giovanotto stai già dormendo?» lo rimbrottò: «Bella compagnia che mi fai. Ma dimmi che cosa ci vai a fare in convento?».

«È una storia lunga signor Aleandro, ve ne parlerò al ritorno, ma piuttosto, raccontatemi voi che cosa andate a fare a Siena».

«Oh maledizione! È da tutta la vita che faccio questa strada ogni mese. Vado da un produttore di vino che mi riempie le mie cinque damigiane, poi torno, lo travaso in bottiglia e lo vendo. Si campa così, ragazzo mio».

A quel punto lo squadrò meglio, approfittando dei primi chiarori dell'alba che si riflettevano in mare e domandò: «Ma tu ragazzo non sei di queste parti. Non hai né la parlantina, né la faccia».

«Vengo da un paese di montagna della provincia di Como».

«E come mai fino in Liguria?».

«Sono venuto in vacanza con la mia fidanzata» poi abbassò la testa e scoppiò a piangere.

«E vi siete lasciati. Bravi! Fate sempre così voi giovani».

L'Alfio non parlò più per qualche attimo poi, tra un singhiozzo e l'altro, cominciò a raccontare al Parodi la sua storia e più ne parlava e più sentiva la voglia di farlo. Era la prima volta che provava a sfogare tutto il suo dolore e la sua disperazione. Non era riuscito a farlo in ospedale, sebbene le infermiere lo avessero curato con grande affetto e attenzione e non si era confidato mai nemmeno con l'Eleonora, che pure lo aveva trattato come un figlio.

Con quel burbero e selvatico di un Parodi, invece, non smise più di parlare.

«Saremmo dovuti tornare a Como a cercare nostro figlio» disse con la voce che gli usciva a fatica «ma adesso lei non c'è più. La mia Alice prima di morire, mi ha detto di andarlo a cercare io il nostro Zeno. Suo padre probabilmente l'ha affidato a qualche istituto o a qualche chiesa» e si bloccò per il troppo singhiozzare.

«Ma voi pensate che lo possa trovare?» domandò.

L'Aleandro lo guardò con aria compassionevole.

«Oh Alfio, non darti più pena. Ti rovini soltanto il resto della vita!» aggiunse allungandogli una mano sulla testa: «Se, come mi dici, è passato più di un anno... tuo figlio l'avranno messo in un orfanotrofio, poi magari se lo sarà preso qualche famiglia di buon cuore, chissà in quale città. Avrà di sicuro un altro nome, un altro cognome. Non lo troverai mai e se anche tu riuscissi a sapere dov'è, non te lo ridarebbero mai».

E benché il Parodi si sforzasse di consolarlo, lui si lasciò andare in un pianto inconsolabile.

D'improvviso i singhiozzi si frammischiarono a colpi di tosse così violenti che l'Aleandro accostò il camion e si fermò per cercare tra i sedili la borraccia dell'acqua.

«Giovanotto, ma questa tosse è una bronchite bella e buona, non dovevi metterti in viaggio in queste condizioni!» e tirò fuori da sotto il sedile un fiaschetto con dell'acqua.

«Bevi che forse ti si calmerà» poi rovistò anche nel cruscotto e trovò delle caramelle di menta: «Prendi anche queste» e mentre l'Alfio seguitava a tossire, tenendosi anche il petto per il dolore, l'Aleandro gli picchiò dei colpi sulla schiena.

«Appena arriverai in monastero» si raccomandò, vedendo che la tosse non accennava a placarsi «devi farti dare qualche intruglio strano dai frati. Loro sono esperti nel mischiare erbe e fare tisane per ogni malanno».

Di lì a poco, ripresero il viaggio e arrivarono in Val d'Orcia che era ormai l'ora di pranzo.

«Là in fondo c'è una trattoria di quelle che costano poco e in cui si mangia bene,» disse l'Aleandro «se vuoi pranzare con me, io mi devo fermare, perché per arrivare a Siena ci sono ancora un paio d'ore di viaggio e fra un po' mi va insieme la vista».

L'Alfio però non ne volle sapere di fermarsi a mangiare.

«No, no, lasciatemi al monastero, adesso non ho proprio appetito» gli rispose perentorio e l'Aleandro non poté che fermare il camion davanti alla chiesa.

«Allora, giovanotto, oltre agli infusi di erbe, fatti dare dai frati anche qualcosa da mettere sotto i denti. Io tornerò a prenderti verso sera, quando avrò fatto il carico. Andremo a dormire nella locanda che c'è più avanti e domani mattina all'alba ripartiamo».

Il Parodi se ne andò e l'Alfio aprì lentamente il portone della basilica.

Trentuno

Alfio entrò proprio mentre i monaci facevano il loro ingresso nel coro, tra musica d'organo e fumi d'incenso.

Camminò lentamente lungo la navata laterale e andò a sedersi sulla panca che c'era a ridosso della colonna che stava di fronte alla cappella della Madonna miracolosa.

Aveva soprattutto voglia di riposarsi, anche perché, da qualche ora, pur non avendo detto nulla al Parodi, sarà stato per lo sballottamento del camion su strade piene di buche o forse per l'effetto di quei lunghi mesi di ospedale e di convalescenza, sta di fatto che si sentiva addosso un senso di spossatezza e soprattutto un peso alla testa e allo stomaco. Si appoggiò alla colonna, chiuse gli occhi e si abbandonò all'ascolto dei canti gregoriani.

Lo avevano estasiato quando in quel monastero era entrato sette mesi prima, con la sua Alice, lo stavano consolando ora che il pensiero seguitava ad andare a lei e a quel viaggio così spensierato e pieno di sogni, fino a pochi attimi prima di quella maledetta curva.

Il continuo ripetersi delle stesse melodie, intervallate a lunghi silenzi, le musiche soffuse dell'organo e il profumo di incenso mischiato a quello dei ceri che si spegnevano all'altare, lo stavano intorpidendo.

D'improvviso ebbe come la sensazione che il corpo, con i suoi malesseri e fastidi, lo stesse abbandonando.

Non sentì più nulla, non si rese più conto di niente e, d'un tratto, senza accorgersi e senza avere alcuna forza per reagire, scivolò sulla panca e cadde riverso sul pavimento, andando a sbattere con la testa contro la colonna che c'era di lato.

I canti e la musica non si interruppero, però il monaco foresterario tirò fuori da sotto l'abito un grosso mazzo di chiavi e corse verso la cancellata, che separava la clausura dalla chiesa aperta ai fedeli.

Faticò non poco a fare i tre giri di chiave nella prima toppa e ancor di più gli altri tre nell'altra poco sotto, perché quelle serrature non venivano quasi mai aperte.

Appena il cancello si spalancò e il foresterario riuscì ad arrivare a inginocchiarsi davanti all'Alfio, non ebbe alcun dubbio.

Alzò entrambe le mani verso il coro e fece cenno che qualcuno lo venisse ad aiutare.

Lo raggiunsero l'infermiere fratello Sergio e anche l'erborista fratello Feliciano. L'uno gli appoggiò l'orecchio sul petto, l'altro gli sollevò le palpebre, ma entrambi si sbracciarono per chiedere che qualcun altro andasse in loro aiuto. Arrivarono altri quattro monaci e si misero intorno all'Alfio, senza sapere né che cosa fare, né che tipo di aiuto dare. Uno di loro lo ricoprì con il mantello che si era portato appresso e l'altro diede ordine che venisse subito trasferito nell'infermeria all'interno dell'abbazia.

Lo sdraiarono su un letto e, di lì a un attimo, fratello Feliciano arrivò con una vaso di spezie odorose. Si riempì la mano e gliela passò sotto il naso. Fratello Sergio andò a scaldare sulla stufa una pentola d'acqua e quando tornò, con una mano reggeva una bacinella fumante e con l'altra degli stracci bianchi. Li bagnò e glieli mise sui piedi, che gli erano già stati liberati dalle scarpe e sollevati in alto con un cuscino.

«Andate a prendere anche gli oli santi,» ordinò il più anziano del gruppo «presto che questo giovanotto ci muore tra le mani, senza nemmeno il conforto dei sacramenti».

Ed era tutto un gran muoversi e un indaffararsi per cercare di capire, ma soprattutto per riuscire a far riprendere i sensi a uno sconosciuto che si era materializzato in monastero in quel modo, arrivando da chis sà dovc.

Durante la settimana non succedeva mai che, a quell'ora, qualcuno entrasse in chiesa per assistere alle funzioni dei monaci. Gli uomini erano nei campi a lavorare e le donne a casa a tenere a bada i bambini più piccoli. Le uniche erano le vecchie del paese, ma quelle arrivavano soltanto alle prime funzioni del mattino, non certo a quelle di metà giornata, quando anche per loro c'erano faccende domestiche da sbrigare.

Era una presenza strana quell'uomo che si erano visti arrivare al di là della cancellata e, adesso, ancor più inquietante, era che lo sconosciuto fosse dentro le mura del monastero e, per di più, con tutta l'aria di uno che, da un momento all'altro, se ne sarebbe potuto anche andare al Creatore.

Era un continuo andirivieni di monaci e ognuno diceva la propria sul da farsi e dava consigli per come rinvenirlo, o per lo meno per scongiurarne la morte.

E fu così che gli somministrarono di tutto. Foglie di ginepro tritate e passate sotto le narici. E uno sminuzzato di aglio sfregato dietro le orecchie. E un infuso caldo di malva appoggiato sulle tempie. E polvere di canfora strofinata sui piedi. E litanie a tutti gli arcangeli del paradiso. E pure oli santi sulla fronte.

Di lì a poco arrivò l'abate Goffredo in persona e la sua visita non solo sedò l'agitazione dei più, ma portò soprattutto un po' d'ordine in quell'infermeria troppo affollata e in balìa della confusione.

«Lasciate fare a fratello Sergio e a fratello Feliciano» disse perentorio «poi quando si riprenderà venitemi a chiamare che gli voglio parlare» e uscì portandosi via tutti quelli che avevano inutilmente assiepato il letto di Alfio.

Se ne andò la maggior parte dei monaci e rimasero al capezzale dell'Alfio soltanto i due e il foresterario Eliseo.

Di lì a poco l'Alfio ebbe come un sussulto, un fremito improvviso e sbarrò gli occhi.

Cominciò a tossire, a contorcersi e a diventare cianotico in volto. E più i monaci cercavano di tranquillizzarlo e più le contrazioni e la tosse aumentavano.

Lui provò a guardarsi intorno, ma non riuscì a vedere nulla se non figure nere sfocate, né tanto meno riuscì a dire qualcosa, sia per il torpore che prima lo aveva assalito, sia per gli attacchi convulsi, che adesso gli stavano scuotendo il petto.

Non riusciva a fermarsi e, agli spasmi, si univa anche lo spavento di trovarsi in un posto sconosciuto, con intorno solo ombre incombenti e odori nauseanti che gli bruciavano le narici.

Passò una buona mezz'ora prima di riuscire a calmarsi e ancor di più prima che fratello Sergio si rassicurasse, togliendosi dalla mente il terrore di vederselo morire tra le mani. Di lì a qualche ora, grazie all'aver respirato i vapori di un intruglio di foglie aromatiche, o forse anche per merito di un piatto di minestra calda, l'Alfio riprese colorito e riuscì persino a sedersi, con le spalle appoggiate allo schienale del letto.

Erano tutti più sereni e chi ringraziava i santi invocati e chi si crogiolava per essere riuscito, con i propri rimedi, a scongiurare una tragedia.

Era da poco calata un po' di pace sulla comunità sconvolta quando, all'improvviso, poco prima del tramonto, si sentì suonare la campanella d'ingresso del monastero.

Non succedeva mai, a quell'ora, ormai già tarda per un'abbazia.

Il giovane portinaio Artemisio andò subito ad aprire e si trovò di fronte un omone mai visto, con lo sguardo tra il perplesso e il preoccupato.

«È qui da voi il ragazzo arrivato verso mezzogiorno?» chiese.

«Ma voi chi siete signore?» fu la risposta.

«Ma che vi cambia sapere chi sono io? Vi ho detto che sto cercando quel ragazzo».

Fratello Artemisio, non ancora avvezzo, data l'età e la poca esperienza, a ricevere gente di ogni tipo che bussava al monastero, dopo quella risposta così sfacciata, voltò le spalle e sprangò la porta indispettito.

A quel punto il Parodi si attaccò di nuovo alla cordicella della campana e cominciò a tirare ancor più insistentemente.

Dopo un lungo scampanio, si aprì soltanto lo spioncino di legno e comparve la faccia del portinaio, con un'espressione più torva e meno invitante.

«E dunque? Vi siete deciso a dirmi chi siete?» domandò di nuovo.

«Mi chiamo Aleandro Parodi, faccio il commerciante di vini e questa mattina ho dato un passaggio a un ragazzotto, un certo Alfio Peduzzi, che diceva di voler venire a visitare il vostro monastero. L'ho lasciato davanti alla porta della chiesa verso mezzogiorno e avevamo appuntamento a quest'ora, qui fuori, ma non l'ho visto né sul sagrato, né all'interno».

Fratello Artemisio, a quel punto, aprì il portone e gli si avvicinò.

«Brutte notizie signore! Il ragazzo è stato colto da un attacco di tubercolosi. L'abbiamo ricoverato nella nostra infermeria e sta male».

«Male? Ma male quanto?» domandò l'Aleandro preoccupato.

«Male quel tanto che basta per non potersi rimettere in viaggio. Dovrete aspettare per un bel po', forse anche qualche giorno».

«Qualche giorno? Ma è così malato?».

«Adesso è messo così, signore. Domani sarà messo come Dio vorrà!».

«Ma io non posso fermarmi! Ho il camion pieno di vino da portare a Genova, mica posso stare qui ad aspettare che quello si rimetta in salute. E se dovesse non riprendersi per una settimana?».

«Quel che Dio ci manda è dono di Dio, e in ogni uomo vediamo il volto del Signore!» rispose fratello Artemisio.

«Sì, sì. Voi la fate facile. A me lo ha mandato sul camion l'oste della locanda del Senatore e non l'avevo mai visto in vita mia. Altro che dono di Dio!».

«E allora» proseguì il portinaio «andate pure dove eravate diretto. Quel giovanotto adesso non può alzarsi. Appena starà meglio chiederemo che i suoi parenti lo vengano a prendere. Oppure se nei prossimi giorni vi capiterà di passare da queste parti… provate a bussare ancora alla porta. Adesso, però, fatemi andare che, fra poco, per noi è l'ora di pregare».

«Ma che cosa posso dire a casa sua, a chi me l'ha affidato? Che sta meglio, spero. Che lo curerete, ovvio. Ma che ne avrà per quanto tempo?».

«La tubercolosi è una brutta malattia, che fa anche tanti morti» borbottò con voce rauca «però, se presa per tempo e trattata con i dovuti modi, può anche darsi che il ragazzo possa guarire, con l'aiuto di Dio santissimo, ovviamente» e alzò gli occhi al cielo.

«Su, ma adesso andate, che non serve fare tante chiacchiere» aggiunse e chiuse il portone.

Il Parodi, sconvolto, si avviò verso il camion carico di damigiane, si voltò a guardare l'entrata ormai sbarrata, poi si rimise al volante e raggiunse la locanda per la notte.

La mattina successiva, prima di partire, volle andare a suonare di nuovo al monastero.

Gli comparve di nuovo fratello Artemisio, ma le sue parole furono le stesse.

«Tornatevene pure a casa signore,» disse con l'identica voce poco rassicurante «il ragazzo adesso è malato, ha un gran febbrone e, prima di affrontare un viaggio del genere, deve rimettersi in salute».

Poi si fece il segno della croce e chiuse il portone mormorando: «Ammesso che il buon Dio non se lo prenda già questa notte».

Il campanile suonò i sei rintocchi del mattino e l'Aleandro riprese la strada del ritorno.

Trentadue

Abbazia di Altavigna, 15 giugno 1938

Cara mamma,

la tubercolosi mi ha molto debilitato e non sono ancora guarito, ma qui i monaci mi trattano bene e non mi fanno mancare nulla.

La vostra visita del mese scorso mi ha fatto un immenso piacere e ancora oggi il pensiero di quell'incontro mi aiuta e mi dà la forza per continuare. So che voi ci siete, mi siete vicini e mi volete bene.

Mi manca molto la mia Alice che non c'è più, ma anche il nostro Zeno che non so dove sia.

Mamma non ho idea di quando riuscirò a guarire per poter tornare a casa, ma ci sono dei momenti in cui penso addirittura che mi piacerebbe restare qui. In questa abbazia c'è una grande pace. Certe sere penso a tutto quello che è successo, a quanto tristi sono stati i mesi passati e a quanto ho sofferto.

Qui mi sembra di aver ritrovato finalmente un po' di pace e soprattutto la serenità per continuare a vivere.

Non lo so che cosa succederà di me. Il monaco infermiere, una mattina, pensando che io non sentissi, ha detto a un altro che di tubercolosi si può anche morire, ma io spero che non succeda.

In questi giorni ho parlato tanto con fratello Sergio che mi assiste e lui dice che farà di tutto per guarirmi.

Ci sono però delle notti in cui la tosse non smette mai e mi soffoca.

Ieri è venuto a trovarmi in infermeria anche l'abate Goffredo. Si è preso molta cura di me e mi tratta come un figlio.

Certi giorni, quando non ho la febbre, mi lasciano anche andare in chiesa a sentire le loro preghiere e i loro canti e in quei momenti mi sembra di essere in paradiso.

Io sto in una stanza dell'infermeria che c'è in una casa dentro il monastero che loro chiamano foresteria. È un posto per ospitare appunto i forestieri, come me, ma ormai io sono diventato amico di alcuni monaci, soprattutto di fratello Sergio: mi ha detto che forse domani potrò anche andare a vedere la loro biblioteca e il posto dove aggiustano i libri vecchi che qui sono molti e li curano come se fossero dei tesori.

Spero che sia tu che il papà stiate bene e che presto potremo rivederci ancora.

Lo so che il viaggio è molto lungo, ma quando potrete tornare a trovarmi, fatelo, perché il vedervi mi fa stare meglio.

Comunque non preoccupatevi per me. Io qui sono curato e mi sento come a casa. Vi abbraccio.

Alfio

Abbazia di Altavigna, 1° luglio 1938

Cara Eleonora,

avevi ragione tu che forse non dovevo partire con quella tosse. Il viaggio mi ha peggiorato la situazione e ho avuto davvero paura di morire. Adesso però sto meglio e fratello Sergio dice che piano piano sto guarendo.

Se l'Aleandro dovesse venire ancora da queste parti, digli di passare di qui che gli do, per te e per la mamma, dei vasetti di miele che fanno i monaci. Fa molto bene il miele che producono qui e forse è proprio quello che mi sta facendo guarire.

Cara Eleonora, se io dovessi restare ancora qui per molto tempo, magari potresti venirmi a trovare con la mamma e il papà.

Grazie per avermi fatto conoscere questo monastero, io qui adesso mi sento protetto e quando riesco ad andare in chiesa vado sempre alla cappella della Madonna miracolosa. Penso a quando eravamo lì con te e con Alice e non so perché non abbia voluto ascoltare la tua preghiera.

Cara Eleonora, non sentirti in colpa per quello che è successo, tu non hai nessuna responsabilità. Stavi solo cercando di allietare le nostre vite, così provate, ma il destino ci ha voluto colpire ancora.

Eleonora ti consoli sapere che è soltanto grazie a te se ho potuto ritrovare Alice. È stato per poco, ma ho vissuto con lei i miei giorni più belli.

Ciao Eleonora, grazie di averci voluto bene.

Ti abbraccio.

Alfio

Le due lettere, in cartacarbone, piegate, erano inserite nelle memorie di fratello Erasmo incollate ai fogli con della ceralacca.

Sebastiano le lesse e le rilesse con attenzione, sempre con il pensiero all'incredibile coincidenza nello scoprire che suo padre, da giovane, era proprio passato di lì, addirittura in quella stessa foresteria, forse addirittura nella stessa stanza dove lui ora, dopo oltre quarant'anni, stava leggendo le memorie del monaco scomparso.

Girò la pagina e vi trovò altre due lettere.

La prima, di quattro mesi dopo, sempre in cartacarbone, era scritta da padre Anselmo, per conto dell'abate Goffredo e indirizzata alla famiglia Peduzzi.

Abbazia di Altavigna, Siena
12 novembre 1938

Signori Peduzzi,

la Provvidenza di Dio ha guidato vostro figlio nel nostro monastero e una terribile malattia lo ha costretto a rimanere nella nostra comunità per tutti questi mesi.

I nostri confratelli si sono presi cura del suo corpo, Dio si sta prendendo cura della sua anima. Vogliate renderne gloria al Signore e ricevere la nostra benedizione.

Goffredo Maria Berti Uguccione
O.S.B., Abate di Altavigna

L'altra, in originale, con la data del 10 marzo 1939, era indirizzata all'abate per tramite di padre Anselmo e recava la firma di Basilio e Lina Peduzzi:

Reverendissimo Abate,

la ringraziamo di essersi preso cura, con così tante premure, del nostro amato e unico figlio Alfio e di averlo salvato da morte certa...

Era una lunga lettera che raccontava anche di tutte quelle ricevute da Alfio nel corso dell'anno e anche di quelle spedite da padre Anselmo, divenuto il padre spirituale di loro figlio.

Una missiva piena di gratitudine, ma anche di apprensioni e timori, che terminava con l'annuncio del loro arrivo in abbazia.

Come da voi richiesto, reverendissimo abate, giungeremo al monastero di Altavigna per la data da voi fissata del 15 agosto, festa della Madonna Assunta.

* * *

L'Eleonora, con il Basilio e la Lina, si misero in viaggio il giorno precedente. Trascorsero la notte al podere Giannetti di Montalcino e la mattina successiva, alle 8 in punto, si presentarono al portone del monastero.

Il giovane portinaio Artemisio li accolse spalancando l'ingresso con un gran sorriso.

«Che Dio vi benedica signori Peduzzi!» e li fece accomodare in una stanza proprio a ridosso della portineria.

«Aspettate qui» disse e andò alla campana. Diede i tre colpi secchi e decisi, quelli che servivano per chiamare l'Abate, poi tornò da loro.

«Padre Goffredo sarà da voi tra breve» e uscì chiudendo la porta.

Dopo pochi minuti l'abate entrò nella stanza.

I Peduzzi si alzarono e si avvicinarono con l'intento di baciargli la mano, come aveva detto loro di fare il prevosto di San Fedele, prima che partissero, ma padre Goffredo li fermò, invitandoli a sedere.

«Come già vi avevo detto nell'ultimo nostro incontro qui in abbazia e come sapete anche dalle lettere di vostro figlio e mie, Alfio dopo lunghi mesi di riflessione e di preghiera, ha scelto, liberamente, di intraprendere la strada che lo porterà, se Dio lo vorrà, a diventare monaco del nostro Santo Ordine benedettino. In questi mesi il suo cammino spirituale di avvicinamento a Dio è stato seguito da un nostro giovane ma santo monaco, padre Anselmo Federici, che lo ha forgiato nella virtù e indagato nella sincerità dei suoi intendimenti. Come già vi ho detto, il vostro Alfio è pronto per intraprendere l'inizio del cammino spirituale e di rinuncia al mondo, che la nostra vocazione monacale richiede. Ora, insieme, possiamo solo pregare che il Signore illumini la sua mente e apra il suo cuore all'accettazione della divina volontà».

E recitò una preghiera in latino che i Peduzzi ascoltarono senza capire, ma intuirono che fosse una sorta di lode e ringraziamento per l'arrivo di una nuova vocazione nel loro monastero.

«Più tardi,» aggiunse l'abate «al rintocco della campana delle 10, nella basilica ci sarà la Messa solenne con il pronunciamento dei primi voti di sottomissione alla regola benedettina, per l'ingresso di Alfio nella nostra comunità. Potrete incontrare vostro figlio, prima della cerimonia, nella sala della foresteria, poi, pronunciati i voti, vostro figlio entrerà in clausura e, per tutto il periodo del noviziato, non vi sarà più permesso di incontrarlo».

Il Basilio e la Lina lo ascoltarono esterrefatti. Sapevano che Alfio aveva espresso il desiderio di entrare in monastero, ma mai si sarebbero aspettati che quella sarebbe stata l'ultima volta per poterlo vedere e potergli parlare.

L'abate Goffredo si congedò, tracciando sulle loro teste un segno benedicente, poi il portinaio li invitò a seguirlo.

Arrivarono nella stanza della foresteria.

Alfio stava seduto su una sedia di fianco a un piccolo scrittoio. Il volto smagrito, pallido, i capelli rasati e addosso una lunga tunica nera.

Appena li vide entrare corse loro incontro e li abbracciò, con gli occhi bagnati dall'emozione.

«Sono contento di rivedervi» disse con la voce che gli tremava: «Sono contento che siate qui in questo giorno così importante per me, ma anche per voi. In questi mesi, ve l'ho scritto, ho riflettuto molto, mi sono lasciato guidare da padre Anselmo e ora sono convinto di questa scelta. Dio ha condotto la mia vita fino a qui e oggi sceglierò di seguirlo per sempre. Pregherò per l'anima di Alice, pregherò perché assista Zeno dovunque egli sia e pregherò anche per voi. Anche voi pregate per me affinché Dio, nella sua infinita misericordia, perdoni tutte le mie colpe».

E si coprì gli occhi con le mani unite.

Sua madre proruppe in pianto e non riuscì a dire niente se non un continuo: «Alfio, Alfio» stringendolo forte e accarezzandolo.

Dopo pochi minuti tornò il portinaio e invitò tutti a seguirlo. Arrivarono al chiostro del Dragone e indicò ai Peduzzi la porta di accesso alla chiesa.

Alfio li abbracciò di nuovo per l'ultima volta, poi sparì dietro l'arco delle Ginestre che conduceva all'area riservata alla clausura.

Alle 10 in punto, del 15 agosto del 1939, il suono festoso dell'organo e uno scampanio a festa diedero avvio alle solenne liturgia.

Alfio, vestito con una cocolla bianca, stava sdraiato per terra, con la faccia riversa sul pavimento, davanti agli scranni del coro, tutti occupati dai monaci.

L'abate era in piedi di fronte all'altare maggiore e, appena smisero di suonare le campane, i monaci intonarono una sequenza di salmi, intervallati da letture delle Sacre Scritture.

Dopo una buona ora di orazioni, l'abate Goffredo Maria Berti Uguccione, vestito con un lungo piviale rosso dai bordi dorati, una mitria dello stesso colore sul capo e il pastorale nella mano destra, si avvicinò ad Alfio e lo invitò ad alzarsi.

Il Basilio e la Lina, dall'altra parte della cancellata osservarono trepidanti il rituale dell'ordinazione.

Al rintocco della campana del mezzogiorno, si udirono forti e chiare le solenni parole dell'abate.

«Servo di Dio, Alfio Peduzzi, è per volontà di Dio santissimo onnipotente...».

Poi un attimo di silenzio.

«Servo di Dio Alfio Peduzzi, è per vostra libera e cosciente accettazione...».

Una pausa ancora più lunga.

«Servo di Dio Alfio Peduzzi, è con il consenso della nostra comunità che ha vagliato la vostra richiesta e l'ha ritenuta ispirata da Dio...».

A quel punto, dopo un'altra lunga pausa, gli appoggiò un antico manoscritto della Regola di San Benedetto sulla testa.

Poi solenne affermò: «Servo di Dio Alfio Peduzzi, vi eleggo a novizio dell'Ordine benedettino della sacra abbazia di Altavigna».

E subito dopo l'abate aggiunse: «Alfio Peduzzi, da oggi porterete il nome di *Fratello Erasmo*».

Trentatré

"Fratello Erasmo è mio padre!".

A quel pensiero Sebastiano trasecolò. Sconcertato e smarrito, chiuse le memorie del monaco Erasmo e, senza voler leggere altro nelle pagine che ancora gli mancavano da sfogliare, si lasciò cadere sul letto.

Gli si era svelato l'inimmaginabile. Ora sapeva tutto della sua vita e, in quel momento, la sua mente fu un turbinio di ricordi, di emozioni e turbamenti.

Suo padre Alfio, che lui non aveva mai conosciuto, aveva scelto di diventare monaco nell'abbazia benedettina di Altavigna.

Era quanto di più incredibile si sarebbe potuto aspettare.

Erano vere le parole dell'oste della trattoria dei Salici, quando gli aveva puntato il dito dicendo: «Quello là è il figlio dell'Alfio Peduzzi».

Lo aveva indirizzato nel posto giusto la fattucchiera di Argegno e adesso era chiara anche la sua nenia, quando gli aveva ossessivamente ripetuto: «*Il frutto dell'ovile segreto è stato rinnegato. Le inferriate segretano il più grande peccato*».

Tutto vero. Lui era proprio il frutto concepito nell'ovile e il peccato segreto di suo padre era stato conservato dietro le grate del monastero di Altavigna.

Adesso trovava anche giustificazione al triplice giuramento solenne che padre Anselmo Federici aveva preteso, prima di consegnargli la sacca con i sette quaderni.

Davanti al crocefisso della biblioteca gli aveva promesso di non svelare a nessuno i contenuti di quei diari, gli aveva giurato di non modificare la propria e l'altrui esistenza, eppure in quel momento, il desiderio più forte era proprio quello di scendere nel chiostro e dire a tutti i monaci che lui, Sebastiano Diotallevi, in realtà si sarebbe dovuto chiamare Zeno Peduzzi ed era il figlio di quell'Alfio Peduzzi, arrivato in abbazia malato di tubercolosi e diventato monaco con il nome di Erasmo.

Quel santo era suo padre e lui, Sebastiano, non era un visitatore capitato lì per caso nella foresteria di Altavigna, grazie alle referenze del conte Tarcisio Edgardo de Ascentis.

No. Lui era proprio la pagina segreta nella storia del santo che aveva vissuto con loro fino a cinque anni prima e che ora stava sepolto proprio accanto a padre Anselmo Federici.

Con quel frastuono di pensieri, uscì dalla cella e raggiunse il chiostro del Dragone. Entrò in basilica e si diresse verso la lapide bianca che c'era sul pavimento, nel mezzo della navata principale.

Si inginocchiò e fissò gli occhi sulla scritta "Fratello Erasmo".

Suo padre era lì.

A quell'ora, in basilica, c'era solo silenzio e buio, con pochi lumini accesi e le ultime tenui luci della sera che filtravano dai vetri color ocra delle finestre.

Non gli era mai successo di farlo, prima di allora, ma quella volta cominciò a pregare Dio perché lo aiutasse a restare fedele al giuramento fatto davanti a padre Anselmo e, soprattutto, gli concedesse la forza di accettare la verità sulla sua vita.

Dopo pochi attimi, le campane annunciarono l'arrivo in chiesa dei monaci per la Compieta e Sebastiano ebbe solo voglia di fuggire.

Si ritirò allora nella cripta sotterranea della basilica e, quella volta, ascoltò i loro canti da lì, senza volerli guardare in volto.

Provò a immaginare suo padre seduto tra di loro, in uno di quegli scranni antichi, con lo stesso abito nero addosso, lo stesso voluminoso breviario tra le mani, gli stessi inchini a ogni fine di salmo, ma con dentro l'anima il pensiero struggente di un figlio che non aveva mai incontrato.

Rabbrividì.

Quando tutti se ne furono andati e, insieme con loro, anche le musiche e i fumi d'incenso, tornò nella sua stanza, senza nemmeno soffermarsi, come era solito fare la sera, a passeggiare per qualche minuto sotto le volte del chiostro del Dragone.

Entrò e riprese in mano le memorie di suo padre.

Mancavano ancora alcune pagine da leggere, ma quello che notò e lo incuriosì più di ogni altra cosa, era un foglio staccato dal quaderno, piegato in quattro e inserito sul fondo.

Era una lettera, in copia carbone, datata Siena, 27 marzo 1950 e firmata Eligio Guerrini.

Reverende suore,

in risposta alla mia richiesta di informazioni, vi ringrazio delle delucidazioni che mi avete fatto pervenire circa l'identità e la vita di Sebastiano Diotallevi.

Vi ringrazio di esservi prese cura di lui, quando fu abbandonato e vi sono riconoscente per averlo fatto battezzare con il nome, Sebastiano, che avete scelto per lui.

Che Dio vi ripaghi del vostro gesto d'amore e la vostra preghiera ottenga misericordia e perdono per chi si è macchiato di quel peccato orribile.

Quella lettera era il segno che suo padre, ormai diventato monaco, si era interessato per sapere, dove fosse suo figlio Zeno. L'aveva fatto sotto falso nome, o forse per interposta persona, comunque aveva voluto conoscere tutto della sua vita.

"Ma perché non è mai venuto a cercarmi e non ha mai voluto conoscermi?" si domandò e un'ansia irrefrenabile riprese a scuotergli l'animo.

Non volle leggere oltre. In fondo al quaderno c'erano anche altre lettere piegate come quella, ma Sebastiano chiuse i diari e uscì dalla stanza.

Scosso da quelle letture e con la mente confusa da quello che aveva scoperto dentro l'abbazia, andò nella Sala dei Tre busti, che era una sorta di stanza comune, per chi alloggiava nella foresteria.

Tolse dalla cassapanca una manciata di legna secca, insieme a dei vecchi giornali e li sistemò dentro il camino, che stava nel mezzo del locale.

Tornò nella propria stanza e, con in testa i tre giuramenti solenni fatti a padre Anselmo, prese le memorie di fratello Erasmo.

Tornò nella Sala dei Tre busti, accese il fuoco e cominciò a strappare foglio per foglio. Di fretta, senza più pensare. Era come in preda a un'ossessione incontrollata.

Li stracciava e li buttava nelle fiamme.

Non sarebbe mai riuscito a mantenere il segreto di quelle memorie, se non le avesse distrutte subito. Non ebbe più alcuna esitazione e seguitò, fino a quando vide trasformarsi in cenere anche l'ultimo foglio del settimo quaderno.

"Tutto quello che c'era da sapere sulla mia vita l'ho scoperto" pensò. E pagina dopo pagina, il fuoco disperse ogni traccia dell'esistenza segreta del santo monaco Erasmo Peduzzi.

La mattina successiva, durante la liturgia dell'Ora Terza, quando tutti erano in preghiera, Sebastiano lasciò in portineria una lettera indirizzata all'abate Bernardo, per scusarsi della partenza improvvisa e per ringraziarlo dell'accoglienza.

Lasciò anche una busta, con dei soldi, indirizzata al monaco foresterario, per sdebitarsi dell'ospitalità e, senza voler incontrare nessun altro, abbandonò in gran fretta l'abbazia di Altavigna.

Era il 2 dicembre del 1980, una giornata fredda, ma di cielo terso.

Sebastiano, sulla via del ritorno, imboccò la stessa strada che sua madre percorse, per l'ultima volta, la sera del 18 agosto1938 e raggiunse il piccolo paese di Lerici. Andò a cercare il cimitero del paese e si ritrovò davanti alla lapide di marmo bianco, con scritto "Alice" e la data della sua morte. Non un fiore, non un lume.

Si inginocchiò, l'accarezzò con la mano, ma appena il viso gli si rigò di pianto, scappò via e si rimise in viaggio.

Il suo unico desiderio, ormai, era quello di tornare finalmente a casa, rivedere la sua Federica e condividere, almeno con lei, tutti i segreti svelati della propria esistenza.

Giunse a Como quando ormai era il tramonto. Il sole stava disegnando sul lago l'ultimo riflesso di luce arrossata. Era un riverbero che rimbalzava, scintillando, sulle onde lunghe dall'ultimo piroscafo in arrivo al pontile della Navigazione.

Sebastiano fermò l'auto davanti al vecchio molo di Sant'Agostino e lasciò che fosse quel tramonto ad avvolgergli i tanti pensieri e le troppe emozioni che avevano segnato i dieci giorni dentro l'abbazia di Altavigna.

Era stato proprio il lago a indicargli la via per scoprire i segreti delle sue origini e presto lo avrebbe ripercorso. Sarebbe tornato a Schignano, dove Alice e Alfio si erano amati per la prima volta, ma anche all'osteria dei Salici di Argegno e nella casa della vecchia fattucchiera. Soprattutto sarebbe salito ad Erbonne, dove lui aveva vissuto tra le braccia di sua madre per due mesi soltanto.

Con quei sentimenti nell'anima raggiunse i Portici Plinio, ormai deserti. C'era soltanto un infreddolito venditore di caldarroste e, sull'angolo di piazza Duomo, un violinista che contava i pochi spiccioli dentro il cappello appoggiato per terra.

La campana del Broletto suonò i sei rintocchi e Sebastiano si avvicinò al portoncino d'ingresso di casa.

Non ebbe nemmeno il tempo di togliersi di tasca le chiavi, che la porta si aprì e comparve il volto raggiante di Federica.

«Sebastiano!» e un bacio appassionato li tenne abbracciati sull'uscio, senza più dirsi altre parole.

«Federica ho saputo tutto della mia vita» le confidò salendo le scale e, appena furono in casa, cominciò a raccontarle di padre Anselmo, dell'abate Bernardo, del giovane Cassiano, del vecchio Norberto, ma prima di svelarle quanto aveva appreso, sfogliando le memorie di fratello Erasmo, le prese le mani tra le sue e se le portò al petto.

«Federica ho letto i diari di fratello Erasmo, ma ho giurato solennemente a padre Anselmo che non avrei raccontato a nessuno quanto lì stava scritto. Ho anche promesso che non avrei cambiato né la mia vita né quella di altri...».

Federica lo fissò preoccupata, sgranando gli occhi.

«Promettimi che quanto ti dirò resterà per sempre un segreto tra noi».

«Te lo prometto Sebastiano,» gli disse abbracciandolo «te lo prometto sul nostro amore».

Lui a quel punto, trattenendo a stento i sospiri, borbottò: «Federica io sono figlio del monaco Erasmo» e il suo racconto li tenne stretti, l'uno all'altra, fino a tarda notte, tra momenti di sconforto, attimi di commozione, barlumi di ritrovata serenità e anche grandi pianti liberatori.

«Federica, ho cercato i miei genitori e li ho trovati» le disse con la voce spezzata dai singhiozzi «sono andato a pregare sulla tomba di mio padre, Alfio Peduzzi, diventato monaco con il nome di Erasmo e ho scoperto anche come è morta e dove è stata sepolta mia madre Alice Lanfranconi».

«Federica, mia mamma, però, non mi ha abbandonato,» balbettò «le sono stato rubato e io oggi sono certo che se non fosse morta, sicuramente sarebbe venuta a cercarmi».

E quel pensiero sembrò quasi rincuorarlo, strappandogli dalla mente l'insopportabile e angosciante dolore dell'essere stato rifiutato.

«Vivendo questi giorni in abbazia» seguitò «sono anche riuscito a capire perché mio padre, dopo tutto quello che gli è successo, abbia scelto la vita monacale».

E iniziò a narrarle quanto fascino avesse suscitato anche in lui il monastero di Altavigna e le parlò dei monaci incontrati, del senso del loro esistere, della loro fede, dello stile di vita che conducevano da sempre e dell'inebriante bellezza di quel luogo.

«Credimi, Federica, quello è un mondo che rapisce».

E con un filo di voce aggiunse: «Mio padre ha voluto cercare Dio e l'ha trovato. Mia madre avrebbe voluto cercare me, ma non ne ha avuto il tempo».

Poi la strinse più forte tra le braccia e lei lo sentì mormorare: «Amore… io sono figlio di un gioco di Carnevale».

Indice

Finito di stampare
nel mese di maggio 2016
da Grafiche Boffi,
Giussano (MB)